Kristina Roy



# Die zweite Frau

FRANCKE
Verlag der Francke-Buchhandlung GmbH

**Bibliografische Information Der Deutschen Bibliothek**
Die Deutsche Bibliothek verzeichnet diese Publikation in der Deutschen Nationalbibliografie; detaillierte bibliografische Daten sind im Internet über http://dnb.ddb.de abrufbar.

ISBN 3-86122-846-7

35037 Marburg an der Lahn
Umschlaggestaltung: Henri Oetjen, Design Studio Lemgo
Satz: Verlag der Francke-Buchhandlung GmbH
Druck: Koninklijke Wöhrmann, Niederlande

www.francke-buch.de

# Vorwort

Die Erzählung „Die zweite Frau“ wurde bereits vor einiger Zeit geschrieben, als das slowakische Volk noch unter ungarischer Herrschaft sich nach einem freien Vaterland sehnte. Wenn auch das in den von der Kultur weniger berührten Gegenden und in den abgelegenen Bergtälern dahinlebende schlichte Volk seine Sprache und die angestammten Sitten bewahrte, so war es für die slowakischen Patrioten eine bittere Tragik, dass die aufstrebende Jugend und die slowakische Intelligenz fast ganz dem heimatlichen Brauchtum entfremdet wurde, ja, ihm zum großen Teil für immer verloren ging. Aber dass auch die Erlangung der nationalen Befreiung einem seit Jahrhunderten unter fremdem Druck gestandenen Volk noch lange nicht das ersehnte Lebensglück bringt, dass selbst neben kulturellem und wirtschaftlichem Wiederaufstieg doch in erster Linie die sittlich-religiöse Erneuerung des Einzelnen und dann aller erst ein Volk wahrhaft frei und froh machen kann, diese Wahrheit immer wieder zu bezeugen, hat K. Roy sich als Lebensaufgabe gestellt. In der vorliegenden Erzählung zeigt die Verfasserin, wie ein lieber junger Mensch, die zweite Frau des verbitterten Bauern, in seine verwahrloste Familie Sonnenschein und neues Leben hineinträgt, wie es ihr durch Umsicht und Fleiß gelingt, das verschuldete Anwesen wieder hochzubringen, und wie die junge Frau dann selber die frohe Botschaft von dem neuen Leben aus Gott vernimmt und sich ihr aufschließt, und daraufhin ihrer Familie und ihrer Umgebung eine Segensbringerin werden darf. Wäre nicht auch bei uns so mancherlei offene und geheime Not im Familienleben und auf wirtschaftlichem Gebiet, und hätten wir es heute nicht mehr nötig, die Botschaft von der suchenden, vergebenden und ein verfehltes Leben erneuernden Gottesgnade immer wieder zu hören, dann hätte diese schlichte Erzählung uns vielleicht nicht viel zu sagen. So aber hoffen die Herausgeber, dass das Buch auch bei uns den Dienst tun darf, den es in seiner slowakischen Heimat ausrichten durfte: mitzuhelfen, den Einzelnen und die Familie zu frohen und fruchtbaren Segensträgern zu machen.

„Allen Leuten recht getan, ist eine Kunst, die niemand kann." Das musste auch Martin Mras erfahren. Als er nach dem Tode seiner Frau nicht gleich wieder geheiratet hatte, da waren alle Muhmen und Basen sehr besorgt um ihn gewesen, was aus seinen unversorgten Kindern werden sollte, wenn er ihnen nicht alsbald eine neue Mutter und dem Hof eine Bäuerin zuführen wollte. Allerdings hatte eine jede von ihnen hinzugefügt, dass sie ihm wahrlich nicht ihre Tochter zur Frau geben würde, denn seine Kinder wären die ungezogensten des ganzen Dorfes, von dem ältesten, fünfzehnjährigen Schlingel bis zu dem kleinsten Schreihals. Ja, sagten sie, auch Betka Mras hätte noch gar nicht sterben müssen, wenn nicht erst die Schwiegermutter und dann der Mann sie so gequält hätten. Andere meinten zwar, dass auch er genug zu tragen gehabt hätte, und namentlich die Männer, die ihn verteidigten, behaupteten, er hätte sich die ewige Seligkeit verdient, weil er es sechzehn Jahre mit einer solchen Frau ausgehalten habe.

Als aber an den letzten drei Sonntagen der Herr Pfarrer Martin Mras mit einer gewissen Ilenka Ozorovska aus Malotin aufgeboten hatte, da war es in der Kirche mäuschenstill gewesen; sogar die Frauen, die sonst meistens die Hälfte der Predigt verschliefen, brauchten plötzlich keine Riechsträußchen mehr, so sehr war ihnen alle Schläfrigkeit vergangen. Wer konnte das nur sein? Eine Fremde brachte er her – als ob es nicht genug Witwen und ältere Mädchen in Zaluschanie gäbe! Aber freilich, ob sich unter ihnen wohl eine gefunden hätte, die ihn genommen hätte? Er war eben schlau, er ging hübsch weit über Land, wo ihn die Leute nicht kannten und wo niemand seiner Erwählten erzählen konnte, dass er seit jenem Brand bis über die Ohren in Schulden steckte und dass er zudem ein unleidlicher Mensch war, der mit seiner ganzen Verwandtschaft in Unfrieden lebte.

„Ich beneide sie nicht", erklärte die Müllerin. „Aber es wird doch wohl jemand kommen, um die Wirtschaft zu besehen, in die sie hineingerät."

Allein es kam niemand, und am Dienstag nach dem letzten Aufgebot erwartete die alte Tante Katuscha, die seit dem Tod der ersten Frau den Haushalt führte, den Bauern und die neue Bäuerin.

„Arme Katuscha!“, bedauerten sie die Frauen. „Nachdem ihr euch jahrelang in diesem Haus gequält habt, wird es euch auf eure alten Tage schwer fallen, einer Fremden zu gehorchen. Die selige Bäuerin hat euch wie eine Mutter gehalten, jetzt werdet ihr nur noch eine Dienstmagd sein.“ Aber Tante Katuscha erklärte, dass der Bauer sich sehr irre, wenn er glaube, dass er ihr das bieten dürfe. Er habe ihr nicht einmal gesagt, wen er da nehme, noch wann die neue Bäuerin ankomme. Aber sie wollte es ihm zeigen; sie wollte weder die Kinder noch das Hauswesen in Ordnung bringen, und wenn ihr das Vieh nicht Leid täte, dann würde sie heute noch gehen. So müsse sie eben die Ankunft der neuen Bäuerin abwarten, aber sowie dieselbe die Schwelle des Hauses betrete, würde sie dasselbe verlassen.

Das war etwas für die schadenfrohen Weiber. Die Alte ließ wirklich alles, wie es lag und stand. Den Kindern hatte sie eine gute Suppe gekocht, damit sie doch auch wüssten, dass ihr Vater Hochzeit hätte. Dabei erzählte sie ihnen, was sie bei der Stiefmutter würden zu erwarten haben. Sie verstand es, in den Kinderherzen Zorn und Hass gegen die Fremde zu erwecken, die heute ins Haus kommen sollte. Sie gedachten auch an die Worte ihres Vaters: „Ich will mich nicht länger mit euch ungezogenen Kindern ärgern. Ich bringe euch einen Zuchtmeister! Wehe dem, der nicht gehorcht!"

Palko Mras hatte sich schon damals vorgenommen, sich lieber von seinem Vater erschlagen zu lassen, als der Stiefmutter zu gehorchen – und wenn diese es wagen würde, ihn zu schlagen, dann wollte er ihr einen Denkzettel geben.

Annitschka Mras versicherte, Tante Zaluschanska habe ihr gesagt, sie möge nur zu ihr kommen, wenn die Stiefmutter sie schlagen wolle. Joschko drohte, er würde sie beißen, und zwar feste! Die kleine sechsjährige Betka nahm sich vor, sie wollte, wenn man sie nur mit einem Finger anrührte, ein Geschrei erheben, dass alle Nachbarn zusammenlaufen sollten. Nun war nur noch der kleine dreijährige

Andrischko übrig. Der sagte zwar nichts, aber in seinem kleinen Herzen war so viel Angst, die aus den großen tief liegenden Augen blickte.

„Ei, die wird auf Rosen gebettet sein", lachten die boshaften Weiber. Sie gönnten es dem fremden Eindringling von Herzen; denn wenn auch keine von ihnen den finster blickenden Mras gemocht hätte, so wurmte es sie doch, dass er keine von ihnen begehrt, dass er sie verachtet hatte. Ja, den Leuten kann man es nicht recht machen.

Es war ein finsterer Oktoberabend. Der Wind brach die mit Früchten beladenen Äste von den Obstbäumen, als in Mrasens Hof der Wagen hielt. Der Bauer stieg ab und reichte wortlos der Frau die Hand, die mit solchen Hass- und Angstgefühlen erwartet wurde. Beim Schein der Laterne sah Tante Katuscha, wie sich in dem Wagen eine hohe, schlanke Gestalt aufrichtete, die leichtfüßig von dem hohen Leiterwagen herabsprang.

„Geben Sie das Licht näher!", befahl Mras.

„Solch eine Junge bringt er daher", dachte die mürrische Alte. „Die könnte seine Tochter sein."

Ach, es war ein trauriger Empfang für die junge Frau. Kein Mensch hieß sie willkommen. Die Kinder kamen zwar herbei, als der Vater nach ihnen rief. Joschko spannte die Pferde aus, Palko half die Truhe, Annchen die Körbe abladen, Betka nahm die Tücher, aber keines sagte ein Wort des Grußes. Da Mras seine Frau den Kindern nicht vorstellte, konnte auch sie sich ihnen nicht gut nähern.

Etwas später waren alle in der ungefegten, unordentlichen Küche beisammen. Jetzt, wo auch alles, was man vom Wagen abgeladen, darin herumlag und herumstand, sah es aus wie in einem Stall.

Die junge Frau hatte Tuch und Jacke abgelegt und stand im Schein der trüben Lampe inmitten dieser Unordnung. Ihre schönen, dunkelblauen Augen blickten umher und hafteten auf den schmutzigen Kindergesichtern, dann blickte sie fragend in das finstere Antlitz des Mannes.

„Also", sagte der Bauer, „das sind meine Kinder. Ich gebe sie in deine Macht. Wehe dem, das dir nicht gehorcht. Ich brauche keine Frau; ich hatte an der einen genug, aber sie brauchen jemanden, der sie in Ordnung hält. Auch im Haus ist es ohne Hausfrau schlecht gegangen. Katuscha, helft mit den Kindern Ordnung schaffen und gebt uns das Abendbrot. Ich muss zu den Pferden."

„Ich habe nicht wissen können, wann Sie kommen", brummte die Alte. „Wir haben schon gegessen. Und", fügte sie ärgerlich hinzu, „ich habe meine Sachen schon hier im Bündel und es ist spät; ich gehe fort, irgendeiner Fremden werde ich nicht dienen."

Auf der Stirn des Bauern schwollen die Zornesadern; seine schwarzen Augen blitzten, aber er bezwang sich.

„Ihr könnt gehen", sagte er kurz. „Wartet auf mich, ich komme gleich", wandte er sich in freundlicherem Ton an seine Frau. Die Kinder blieben mit der neuen Mutter allein, nachdem der Vater und Tante Katuscha die Stube verlassen hatten. Unwillkürlich sahen sie sie an. So hatten sie sich die Stiefmutter nicht vorgestellt. Sie war hübsch und jung, schlank gewachsen wie eine Tanne.

„Liebe Kinder“, sprach sie endlich, ihre Stimme klang wie das Rauschen der Föhren im Walde, „ich bin so fremd hier, ich weiß mir nicht zu raten, helft mir doch! Euer Vater hat mich gebeten, zu euch zu kommen, weil ihr seit drei Jahren keine Mutter mehr habt. Ihr habt mir Leid getan, denn ich war auch noch klein, als meine Mutter starb, und dann ist es mir und meinem Brüderchen sehr schlecht ergangen; das hieß auch Palko. Ich will euch lieb haben, habt mich auch lieb! Ihr habt niemanden – ich auch nicht.“

„Und dein Bruder?“, wandte Palko ein.

„Er starb, als er so groß war wie du.“

„Hast du keinen Vater mehr?“, fragte Betka schüchtern.

„Er starb im letzten Jahr.“

„Und andere Geschwister?“, fragte Annitschka.

„Ich habe sonst keine eigenen Geschwister.“

„Bei wem warst du denn, wenn du niemanden hast?“, forschte Joschko, näher tretend.

„Bei der Tante meines Vaters. Also wollt ihr mich aufnehmen? Ich will nicht, dass ihr mich ‚Mutter‘ nennt. Ich bin jung und ihr kennt mich nicht; nennt mich ‚Tante Ilenka‘, und wir wollen gute Kameraden sein. Du, Palko, wirst mir meinen Palko ersetzen; willst du das?“ Sie reichte dem Knaben herzlich die Hand. Zögernd legte er seine schmutzige Hand in die ihrige.

„Warum willst du nicht, dass wir dich ‚Mutter‘ nennen?“, meldete sich Annitschka.

„Wisst ihr, Kinder, als mein Vater sich wieder verheiratete, brachte er uns eine fremde Frau ins Haus. Wir mussten sie ‚Mutter‘ nennen. Das war uns zuwider, denn sie war böse zu uns. Auch euch wäre das zuwider. Später, wenn ihr euch an mich gewöhnt habt und wir uns lieb haben, könnt ihr mich so nennen, wenn ihr wollt, aber diesen Namen muss ich mir erst verdienen. Doch jetzt helft mir, damit es hier nicht aussieht wie in einer Räuberhöhle.“

Die Kinder lachten herzlich und halfen fröhlich, alles in die Stube und in die Kammer zu tragen.

„Den Korb lass hier, Palko. Du, Annitschka, mach Feuer an. Joschko soll

Holz bringen; gelt, wir wollen uns ein gutes Abendbrot machen?“

Eine halbe Stunde später, als der Bauer in die Küche eintrat, erschien ihm diese ganz verwandelt. Im Herd prasselte ein freundliches Feuer, das angenehme Wärme verbreitete. Betuschka gab auf die Milch Acht und Annitschka putzte die Lampe. Als diese sauber war, beleuchtete sie freundlich die Küche. Joschko räumte den Tisch ab. Die junge Hausfrau breitete ein hübsches Tischtuch darauf, verteilte neue Teller und Löffel und goss warme Milch in eine Schüssel. Palko brachte aus der Kammer einen Laib Brot und Stühle aus der Wohnstube herbei.

Mras blieb in der Tür stehen und blickte auf seine junge Frau und die Kinder. Betka brachte soeben den kleinen Andrej herbei. Das Kind wollte weinen, aber es hatte keine Zeit, die neue Tante steckte ihm ein Stück Kuchen in die Hand. Sie nahm es nicht auf den Arm, um es nicht zu erschrecken. Dann sagte sie den Kindern, dass die Teller und Löffel ihnen gehören sollten. Sie waren mit bunten Bildern bemalt, und die Kinder freuten sich sehr über das Geschenk.

Palko wusch sich als Erster die Hände, um seinen schönen Teller nicht zu beschmutzen, und die Übrigen folgten seinem Beispiel.

Ein gewisses Gefühl der Zufriedenheit stahl sich in das harte Herz des Mannes. Als ihn seine Frau so freundlich zu Tisch rief, erheiterte sich unwillkürlich sein finsteres Gesicht und machte ihn um fünf Jahre jünger.

Unterdessen erzählte die alte Katuscha bei der Müllerin schon zum fünften Mal, wie die junge Mras das Haus vorgefunden und wie sie ihr die Hölle heiß gemacht hatte. Und die Frauen knüpften allerlei Prophezeiungen daran, wie es wohl dieser dummen Person ergehen würde, die in dies Haus hineingeheiratet hatte, ohne sich vorher zu erkundigen. „Ja, ja, so geht es, wenn man die Katze im Sack kauft“, meinten sie.

Während sich das Dorf so mit ihr beschäftigte, saß die Familie Mras beim Abendbrot, als wäre sie schon seit vielen Jahren so beisammen. Dann führten die

Kinder Tante Ilenka im Haus umher. Sie hatten drei Stuben: eine vordere und eine Hinterstube, sowie eine dritte, jenseits der Einfahrt.

„Das war Großmutters Altenteil", erzählte Annitschka, „aber sie hat dort nicht gewohnt, weil sie krank wurde. Sie lag am liebsten in der Küche, und dann ist sie gestorben. Dort haben wir nur so allerlei."

Aber solches „Allerlei" gab es im ganzen Haus. Nachdem der Bauer mit Palko das Vieh versorgt hatte, begab er sich zur Ruhe. „Richtet euch ein, wie es euch gut dünkt", sagte er, „ich bin müde."

Etwas später gingen auch die übrigen Hausgenossen zu Bett, und im Haus wurde es still.

Was hätten wohl jene Frauen gesagt, die behaupteten, dass die junge Mras sicher irgendwo klagte und jammerte, wenn sie gesehen hätten, wie friedlich sie den Schlaf der gesunden Jugend schlief, während der kleine Andrejko sein hellblondes Krausköpfchen an sie schmiegte? Sie sahen es nicht – und das war gut. Sie hatten ja schon genug zu erzählen, als am anderen Morgen Martin Mras seine Schimmel, auf die er gar stolz war, vor den Wagen spannte, um, wie er längst beabsichtigt hatte, mit einer Fuhre Birnen bis gegen Budapest zu fahren, wie er es alle Jahre zu tun pflegte.

„Dieser wird er's noch ärger treiben wie der Seligen", erzählten sie einander am Brunnen. „Gleich nach der Hochzeit fährt er auf und davon und lässt sie mit den ungezogenen Kindern allein. Was soll sie nur in dem fremden Haus anfangen? Wenn Katuscha wenigstens dort geblieben wäre, aber so ... Die Kinder werden ihr am Ende auch noch davonlaufen –"

Ei, was hätten diese Frauen gesagt, wenn eine von ihnen beim Morgengrauen in Mrasens Haus gekommen wäre! Nachdem der Bauer die Pferde versorgt und angespannt hatte, betrat er die Küche. Hier hatte ihm seine junge Frau schon ein warmes Frühstück bereitet und so schön den Tisch gedeckt wie für einen Herrn. Er blickte sie wieder an wie gestern, als sie sich ihm gegenübersetzte.

„Warum bist du aufgestanden? Du warst sicher noch müde von der Reise und bist spät zu Bett gegangen“, sagte er beinahe freundlich. Sein finsteres Gesicht hellte sich auf.

„Oh, ich habe gut ausgeschlafen. Ich werde dich doch nicht ohne Frühstück fortgehen lassen“, gab sie zur Antwort. „Ich freue mich, dass die Kinder noch schlafen. Du kannst mir in Ruhe sagen, was wir tun sollen, bis du wieder zurückkehrst.“

„Ich habe das Nötigste schon besorgt. Die Kartoffeln wollen wir erst ernten, wenn ich zurückkomme. Ich habe gleich gestern gesehen, dass du die Sauberkeit liebst. Du wirst sicher das Haus in Ordnung bringen wollen. Damit wirst du genug zu tun haben, denn es ist sehr vernachlässigt. Ich habe mich gestern vor dir geschämt, dass du in solch eine Unordnung hereingeraten bist. Katuscha hat mir das zum Trotz getan, es ist gut, dass sie fort ist, denn ihr beide hättet nicht zusammen gepasst. Mit ihrer Reinlichkeit war es nicht weit her, auch die Kinder hat sie schlecht erzogen. Aber allein wirst du dir kaum Rat wissen. Darum schicke Annitschka zu meiner Muhme. Sie ist die

Witwe meines Onkels, eine ordentliche alte Frau. Sage, ich ließe sie bitten, sie möge dir helfen."

„Ich bin dir sehr dankbar, dass du so für uns sorgst. Allein würde ich mir wirklich keinen Rat wissen. Eure Muhme wird mir Bescheid sagen und mir auch ein wenig helfen."

Die junge Bäuerin legte ein Stück Napfkuchen und einen ganzen Mohnkuchen in einen Korb. Dann schnitt sie ein halbes Brot in Schnitten, belegte diese mit Rauchfleisch und fügte hart gekochte Eier sowie etwas Salz in einer Papiertüte dazu.

„Was hast du mir da alles zurechtgemacht?", fragte ihr Mann, als sie den Korb neben seinen Schafspelz auf die Bank stellte. „Wozu gibst du mir Kuchen? Lass ihn lieber für die Kinder", sagte er ernst.

„Es bleibt noch genug für die Kinder, sei unbesorgt. Aber auch dir soll er auf dem Wege gut tun", sagte die junge Frau herzlich.

„Setz dich noch ein wenig", rief ihr der Mann zu. Sie gehorchte „Ich wollte dich fragen", begann er nach kurzem Schweigen, „warum du eigentlich mich älteren

Witwer geheiratet hast? Wie ich sehe, würdest du besser in ein anderes Haus und zu einem anderen Mann passen." Er blickte sie an, als wollte er auf den Grund ihrer Seele schauen. Zwischen den dichten, schwarzen Augenbrauen stand eine finstere Wolke.

Ein liebliches Rot bedeckte ihr hübsches, junges Antlitz. Sie blickte ihm frei und offen ins Antlitz.

„Darf ich dir alles sagen, was mich dazu bewogen hat, deinen Antrag anzunehmen, obwohl ich weder dich noch dein Haus kannte?"

„Ja, sage mir alles, das will ich gerade!"

„Nur eins möchte ich dich bitten: Erkläre mir zuvor, was du damit gemeint hast, als du gestern sagtest, dass du keine Frau brauchtest, dass du an der einen bis zum Tod genug gehabt hättest." Bange Sorge legte sich bei diesen Worten auf das Gesicht der jungen Frau.

„Ich wollte dich mit diesen Worten nicht kränken", entschuldigte er sich. „Aber damit du weißt, wen du genommen hast, will ich es dir selbst sagen, bevor du es von Fremden erfährst. Ich bin von Kind auf ein unglücklicher Mensch gewesen; aber die größte Schuld an meinem Unglück trug meine eigene Mutter. Mein Vater durfte immer nur tun, was sie wollte. Wir waren fünf Kinder: drei Schwestern und zwei Brüder. Bruder Planko war der Liebling meiner Mutter. Auch die Schwestern durften tun, was sie wollten, nur ich durfte niemals einen eigenen Willen haben. Ich hatte Lust zum Baufach und wäre so gern bei einem Baumeister in die Lehre gegangen. Mein Vater hätte seine Einwilligung dazu gegeben, aber die Mutter wollte nichts davon hören. Sie sagte, die Schwestern würden sich verheiraten, Palko sei nicht kräftig genug, um Bauer zu sein – wer sollte dann die Landwirtschaft führen? Nun, so musste ich daheim bleiben und mich Jahr um Jahr für alle quälen. Die Schwestern heirateten eine nach der anderen. Jede bekam eine Truhe voll Kleider, einen Wagen mit Betten und noch etwas Bargeld mit. Mein Bruder kam von drei Handwerkern zurück; nirgends hatte er ausgehalten. Als die jüngste Schwester sich verheiratete und mit ihrem Mann nach Amerika ging, zog er mit ihnen, ohne sich von den Eltern zu verabschieden. Das Reisegeld hatte er in der Bank entlehnt, und wir mussten uns noch lange plagen, um es endlich abzahlen zu können. Als auch für mich die Zeit kam, mich zu verheiraten, da bat ich meine Eltern sehr, sie möchten mir doch erlauben, das Mädchen zu nehmen, dem ich von ganzem Herzen gut war. Wieder wollte mir mein Vater helfen, ja, er ergriff sogar meine Partei gegen die Mutter – aber als diese sah, dass sie gegen uns beide nichts ausrichtete, da schickte sie meiner Liebsten so üble Botschaften, dass ihr Vater, als er davon erfuhr, mir sagen ließ, ich möge es nicht wagen, seine Schwelle je wieder zu betreten. Um uns auf immer zu trennen, verheiratete er Annitschka gegen ihren Willen mit einem Vetter und schickte die beiden gleich nach der Hochzeit nach Amerika. Mir suchte dann meine Mutter eine Braut nach ihrem Geschmack aus. Ich hätte sie nicht genommen, aber der Vater bat mich, denn in unserem Haus gab es alle Tage Zank und Streit, und er wollte endlich Frieden haben. So tat ich ihm den Willen, damit er Frieden hätte.

Er starb noch im gleichen Jahr – aber ich! Auch meinem ärgsten Feinde wünsche ich nicht, was ich in diesen sechzehn Jahren erduldet habe! Wie sehr ich mich auch bemühte, ich konnte meine Frau kaum ansehen. Meine Mutter hatte es verstanden, sie ganz auf ihre Seite zu ziehen und sie mir zu entfremden. Bei Tag und bei Nacht hatte ich vor den beiden keine Ruhe. Als unser Palko geboren wurde, gewann ich das Kind sehr lieb. Als der Knabe aber größer wurde und ich ihn, wenn er ungezogen war, strafen wollte, wurde es schlimm. Wenn ich dann sehen musste, wie er schrie, sobald ich mich ihm nähern wollte, überließ ich ihn den beiden. Ich weiß, dass es Unrecht war, aber ich muss es leider sagen: Ich freute mich nicht mehr, sooft eines meiner Kinder zur Welt kam. Ich wusste, dass keines mein sein würde, dass man sie mir ja doch entfremden würde.

Und obwohl sich jene beiden Weiber nicht miteinander vertrugen, sodass es im Haus oft vom Zank und Streit widerhallte – sobald es gegen mich ging, waren sie einig. Glaube mir, oft blieb ich den ganzen Tag in der Scheune oder im Stall. So wurde ich ein harter, verschlossener Mensch. Dann kam jenes Feuer, das unser Wohnhaus und die Scheune vernichtete. Wie es so geht, gerieten wir in Schulden. Bei dem Brand hatte sich meine Mutter erkältet. Sie quälte mich, dass ich ihr jene Stube als Altenteil bauen musste, da sie nicht länger mit uns wohnen wollte. Nun, ich baute sie ihr, aber dann wollte sie nicht darin wohnen, weil es zu feucht war. Sie starb dann ganz unvermutet.

Ich dachte, es würde nun bei uns ruhiger werden und ich würde mich nun besser mit meiner Frau vertragen, aber das war nicht der Fall. Mit jedem Kind wuchs die Arbeitslast. Obwohl die älteren Kinder schon ziemlich groß waren, waren sie doch ungehorsam, und ich durfte sie nicht züchtigen. So blieb alle Arbeit meiner Frau und mir.

Nun ging die Quälerei weiter. Mich drückten die Schulden. Ich bat meine Schwestern, mir zu helfen; aber keine war dazu bereit. Fremde Menschen, die ich bis zum Tod dafür segnen werde, haben sich über mich erbarmt. Mit meiner Frau konnte ich über meine Sorgen nicht reden, denn sie warf mir sogleich vor, dass ich auch ihr Teil mit verwirtschaftet hätte. Oft meinte ich, ich müsste den Verstand verlieren. Dabei war ich kein Trinker oder Raucher. Ich mochte nicht im Wirtshaus sitzen und dummes Geschwätz anhören. Die Leute hatten mich nicht gern, ich sie auch nicht. Ja, oft war ich der Verzweiflung nahe. Gott hat mich in Gnaden bewahrt, dass ich weder mir noch meinem Weibe ein Leid antat. Dass ich sie geschlagen habe, wie die Leute sagen, ist nicht wahr. Das hätte ich nur getan, wenn sie mich in große Wut getrieben hätte – und dann hätte ich sie gewiss totgeschlagen. Als Andrischko ein halbes Jahr alt war, erhitzte sie sich auf dem Feld, trank kaltes Wasser und starb nach neun Tagen an einer schweren Lungenentzündung. Ich blieb mit den Kindern allein. Andrischko nahm mir die Muhme in Pflege, bis er laufen konnte; dann aber wurde sie selbst krank und ich musste ihn heim nehmen. Katuscha führte die Wirtschaft, aber es war eine rechte Not. Ich sah, dass ich mich schon um des Kleinsten willen wieder verheiraten müsste. Auf dem Jahrmarkt in P. sagte man mir von dir. So hielt ich denn um deine Hand an. Nun weißt du alles und wirst dich nicht mehr über meine Worte wundern.“

Der Bauer räusperte sich und stützte die Stirn in die Hand.

„Nein, ich wundere mich nicht mehr, aber ich danke dir herzlich, dass du mir alles so aufrichtig erzählt hast“, sagte die junge Frau mit warmer Teilnahme. „Nun will auch ich dir vertrauensvoll klagen, wie es mir auf der Welt ergangen ist. Ich hatte eine sehr gute Mutter und einen braven Vater. Aber meine Mutter starb, als ich sechs und mein Bruder Palko vier Jahre alt war. Vater verheiratete sich wieder und brachte uns eine Stiefmutter ins Haus. Damit begann unser Unglück. Es ging uns sehr schlecht auf der Welt, denn wir hatten nun auch keinen Vater mehr. Sowie ich die Schule verlassen hatte, ging ich in einen Dienst. Bisher war ich das Kindermädchen meiner Stiefgeschwister gewesen. Sie durften mit mir und Palko tun, was ihnen beliebte. Wenn wir uns nur muckten, gab es Prügel. Jenen ersten Dienstplatz hatte mir die Schwester meiner Mutter gefunden. Das gefiel meiner Stiefmutter nicht, sie fand, ich hätte dort zu wenig Arbeit und lernte müßig gehen. Sie brachte mich zu ihrem Onkel. Ach, dort war es die reinste Hölle; Tag und Nacht keine Ruhe. Endlich, nach einem Jahr, ging ich von da fort und zu meiner Tante. Weil sie Palko nach Z. in eine Lehre gegeben hatte, bat ich die Tante, mir dort eine Stelle zu suchen, damit wir uns öfter sehen könnten.

Ach, unser Gott sorgt dennoch für Waisenkinder. Palko bekam einen sehr guten Meister und besonders eine sehr rechtschaffene Frau Meisterin, die ihn wie eine Mutter liebte, und ich bekam eine sehr gute Herrin. Ihr verdanke ich alles, was ich gelernt habe. Fünf Jahre blieb ich bei ihr, und wäre meine Tante nicht erkrankt, so wäre ich niemals von ihr gegangen. So aber musste ich meine Tante pflegen. Aber nicht nur sie – ach, auch mein Bruder kam krank nach Hause. Unser Vater lebte damals nicht mehr, zur Stiefmutter wollte er nicht gehen, so kam er zu uns und ich pflegte beide. Die Tante war fünfundsiebzig Jahre alt, als sie gesund wurde – er, der Sechzehnjährige, musste sterben. Nun wollte mich die Tante nicht mehr fortlassen, denn ihre Tochter und ihre Enkelin waren gestorben und so war sie allein. Ich blieb gern bei ihr. Als dann die Nachricht von dir kam, dass du mich zur Frau begehrtest, weil du dich den Kindern zuliebe verheiraten müsstest, taten mir deine Kinder so Leid. Ich dachte, wenn ich nicht ginge, würde wohl eine andere gehen, und wenn diese so wäre wie meine Stiefmutter, was sollte dann aus den Ärmsten werden? In jenen Wochen, die wir miteinander versprochen waren, habe ich deine Kinder so lieb gewonnen, dass ich es kaum erwarten konnte, zu ihnen zu kommen. Du hast mich nur deinen Kindern zuliebe genommen – ich bin nur ihretwegen gegangen."

„Ich danke dir, Ilenka." Der Bauer reichte seiner Frau die Hand. „Gott helfe dir! Habe nur Geduld mit mir! Glaube mir, ich will dich so halten, wie wenn du meine älteste Tochter wärest. Doch nun muss ich gehen, damit ich vor Sonnenaufgang aufbreche."

„Wie lange wirst du denn fortbleiben?

Und wohin kann ich dir schreiben, wenn es wirklich nötig wäre?"

„Schreiben? Ja, das kann sehr gut sein, wenn du schreibst, wie es euch geht." Er gab ihr die Adresse an. „In drei Wochen komme ich wieder, wenn Gott Leben und Gesundheit gibt. Ich muss nämlich die Pferde auf dem Jahrmarkt in P. verkaufen. Über den Winter werden wir uns begehen und im Frühjahr hoffe ich ein paar billigere zu kaufen."

„Du willst diese schönen Pferdchen verkaufen? Schade! Hast du nicht genug Futter?"

„Das hätte ich wohl, aber im Dezember wird mein Wechsel fällig und ich möchte endlich meine Schulden abschütteln. Es tut mir Leid genug um die Schimmel; aber was hilft das?"

„Martin, verkaufe sie nicht! Bitte, verlängere den Wechsel, wir werden uns bemühen, mit Gottes Hilfe die Schuld abzuzahlen. Du bist doch nicht so alt und ich bin noch jung."

„Gut, ich gehorche dir. Wir wollen sehen, wie du mir helfen wirst. Nun gehab dich wohl!"

Was hätten die Frauen wohl gesagt, wenn sie dies erste Gespräch der Eheleute mit angehört hätten?

Hatten doch die Leute Jahre hindurch den Finsterling Mras nicht so viel reden gehört, und von Kind auf hatten sie ihn wohl nicht lächeln gesehen. Ja, so herzlich, wie er noch in der Einfahrt seiner Frau die Hand reichte, hatte er sie wohl bisher keinem Menschen gereicht.

Und als sie ihn jetzt mit seinem Wagen durchs Dorf rasseln hörten, waren sie empört über seine Gefühllosigkeit, mit der er seine junge Frau zurücklassen konnte, nachdem er ihren Schultern jene Last aufgebürdet hatte, unter der seine erste Frau zusammengebrochen war.

Sie ahnten nicht, was in dem erkalteten Herzen des Mannes vorging, dass es ihm war, als hätte jemand heilenden Balsam in seine Wunden gegossen, so dass sie nicht mehr schmerzten.

Über seinem Haupt brauste der kalte Oktoberwind, aber in sein Herz stahl sich ein Gefühl von Wärme. Er wusste, dass es die hübsche junge Frau gewesen war, die diese Wärme nicht nur in sein verödetes

Haus, sondern auch in sein verhärtetes Herz gebracht hatte. Es hatte ihm sehr wohl getan, dass er sich so mit ihr hatte aussprechen können und dass sie ihn so herzlich bedauert hatte. Sie hatte also Hoffnung, dass für seinen Besitz wieder bessere Zeiten kommen würden. Es war, als hätte sie damit auch ihm neuen Lebensmut eingeflößt.

Er bewunderte sie, wie weise sie mit seinen schlecht erzogenen Kindern umging. Sie hatte recht getan, dass sie keine Stiefmutter sein wollte. So würden sie die Kinder umso schneller lieb gewinnen. Er war ihr auch dankbar, dass sie so für ihn gesorgt hatte. Er fuhr jedes Jahr mit Birnen fort. Aber noch nie hatte ihn jemand für die Reise ausgerüstet. Er nahm sich einfach Brot und Käse mit – das genügte. Und wie hübsch und appetitlich sie ihm alles in den Korb gepackt hatte! – Er fühlte, er würde mit ihr über manches sprechen können. Hätte er das Geld für das Obst nicht so nötig gebraucht, um den Kindern Schuhe zu kaufen, so wäre er am liebsten umgekehrt, damit sie sich in dem wüsten Haus nicht allein zu quälen brauchte.

So dachte er. Und was dachte wohl sein Sohn Palko, der, während Ilenka ihren Mann bis zum Tor begleitete, rasch in den Stall schlüpfte und eilig die Kühe versorgte?

Diese blickten den Jungen wohl verwundert an, weil er sie heute nicht schlug und weder schimpfte noch fluchte. Gehorsam wichen sie zur Seite, damit er rein machen und frisches Stroh aufschütten konnte.

Palko hatte das ganze Gespräch mit angehört, denn er schlief in der Küche. Aber er hatte sich nur schlafend gestellt. Fast hätte er seinen Vater nicht wiedererkannt. Er hatte ihn nicht lieb; hätte er ihn nicht gefürchtet, so hätte er ihn noch mehr durch seine Widerspenstigkeit erzürnt. Jetzt fühlte er, dass seinem Vater Unrecht geschehen war, dass dieser Vater ihn liebte und nur sein Bestes wollte. Und als er vernahm, dass Tante Ilenka nur aus Liebe und Mitleid zu ihnen gekommen war, da erwärmte sich das Herz des Knaben. Auch freute er sich, dass sie die schönen Pferde nicht verkaufen lassen wollte. Sie sollte nicht allein dem Vater helfen, auch er wollte sich bemühen, dass ihn die Schulden nicht länger so drückten.

Palko setzte seinen Stolz darein, dass Ilenka, wenn sie melken käme, alles sauber finden möchte. Sie selbst war so rein und hübsch, sie passte wirklich nicht in dies Haus.

Kaum war er fertig, da trat sie wirklich ein und lobte ihn sehr.

„Du wirst wirklich meine rechte Hand sein, Palko. Da kann ich hineingehen und nach den Kindern sehen. Wenn du die Kühe getränkt hast, komme ich zum Melken."

„Ja, Tante; für den Stall braucht ihr nicht zu sorgen, das übernehme ich. Besorgt nur alles im Haus!"

Vielleicht hätte Mras auch seine Kinder nicht wiedererkannt, wenn er etwa eine Stunde später heimgekehrt wäre und sie alle bei der guten, warmen Morgensuppe gefunden hätte. Mädchen und Knaben waren glatt gekämmt und sauber gewaschen, dabei fröhlich und vergnügt. Der kleine Andrejko saß im weißen Hemdchen mit einem neuen Schürzchen auf dem Schoß seiner neuen Mama und schmiegte sein weißblondes Lockenköpfchen an sie.

„Also, Kinder, nachdem wir gebetet haben, wollen wir noch ein Morgenlied singen. Bringt die Bücher, und dann werdet ihr mir alle helfen. Wollt ihr?"

„Ja, ja", riefen alle.

Sie sangen: „Nun danket alle Gott –" und dann wollten sie alle arbeiten. Annitschka sollte die Muhme holen, Betuschka das Geschirr waschen. Joschko sollte den Hof sauber fegen und inzwischen würde Palko der Tante zeigen, wo sie alles hatten.

Es war für einen an Sauberkeit gewöhnten Menschen keine Kleinigkeit, dieses verkommene Hauswesen von innen und außen zu reinigen. Aber die gute, freundliche Muhme Mras brachte Kalk und Besen, denn sie dachte sich, dass es an diesen Dingen wohl fehlen würde. Sie passte gut zu der jungen Bäuerin, denn alle beide hatten es gern um sich her so rein wie aus dem Schächtelchen. Beide zusammen konnten die Arbeit wohl aufnehmen.

„Weißt du was, meine Tochter, wir fangen bei der Kammer an", sagte die

Muhme. „Es ist, als wäre einem Menschen die Hand abgehackt, wenn er Kammer, Speicher und Keller nicht in Ordnung hat. Mit dem vergeblichen Suchen verliert man viel Zeit.“

So fingen sie denn an. Aber was sie da fanden, spottete jeder Beschreibung. Schmutzige, aber noch brauchbare Ober- und Unterkleider zwischen alten Lumpen und Säcken. Die Kinder mussten Wasser in den Zuber tragen, und sie begannen zu waschen.

Als die Kammer frisch getüncht und aufgeräumt war, besserte Palko die wackligen Wandborde aus wie ein Tischler. Die Mädchen mussten sie scheuern. Ein wandernder Glaser setzte für die zerbrochenen Fenster neue Scheiben ein; er kam gerade wie gerufen. So kam nach und nach alles an seinen richtigen Platz. Auch die Sachen, die in Küche und Stuben, namentlich in Großmutters Stube im Wege standen, fanden hier ihr Plätzchen.

Von der Kammer führte eine Treppe in den Keller. Diesen musste Palko reinigen. Joschko entfernte mit einem Schubkarren all das Gerümpel und allen Unrat, der sich seit vielen Jahren hier angehäuft hatte. Palko suchte Bretter zusammen, befahl Annitschka, sie zu scheuern, und richtete zwei Bretter für Obst her, wie Ilenka ihn geheißen hatte. Sie brachten den Keller ganz allein in Ordnung und freuten sich sehr, dass es ihnen gelang. Sie trugen dahin, was im Hof und unter der Einfahrt herumlag und dahin gehörte. Auch für die Kartoffeln und das Obst war nun Platz bereit.

Nach dem Keller kam die Küche an die Reihe. Diese ließen sich die beiden Frauen angelegen sein. Auch die abgestoßenen Fensterbänke wurden frisch gestrichen. Das Wandbord wurde von der jungen Frau frisch bemalt. Anstatt des alten, wurmstichigen Bettes schenkte die Muhme ein schönes, weißes Bett von ihrer verstorbenen Tochter, das gleichfalls bemalt wurde. Anstelle der alten, abgeschlagenen Küchengeräte hing die junge Hausfrau ihre hübschen neuen Sachen auf, die sie mitgebracht hatte. Auch hübsches Tongeschirr kaufte sie auf dem Jahrmarkt zu R. Sie trug mit Annitschka Butter, Käse, Eier und Obst hin und schaffte dafür das Nötige an. Als sie dann ein rosafarbiges Tischtuch auf den Tisch breitete und solche Gardinen am Fenster anbrachte, hätten hohe Herrschaften zu Besuch kommen können, so hübsch sah es hier aus.

„Meine Tochter“, sagte die Muhme, „ich will Palko ein Federbett für dies Bett schenken; der Arme hat nur eine Pferdedecke. Ich hätte es längst gern getan, aber in diese Unordnung wollte ich es nicht geben.“

Ja, Palko war nicht wenig stolz und glücklich, als er sich zum ersten Mal in dies schöne neue Bett legen durfte. Er beschloss sogleich, dass Joschko auch mit ihm darunter schlafen dürfe.

Nach der Küche kamen die Stuben an die Reihe. In der vorderen Stube befanden sich schöne, städtische Möbel. Der Bauer hatte sie einem Beamten abgekauft, als dieser versetzt wurde und die Einrichtung nicht mitnehmen konnte. Sie passten gar wenig zu der Unordnung ringsumher. Aber die junge Hausfrau tünchte die Wände, stellte die Möbel ganz anders und bedeckte den Tisch mit einer hübschen weißen Decke mit roter Kante; sie ließ nur ein Bett in der Stube, das sie gleichfalls mit einer hübschen weißen Decke bedeckte. Auf das Wandbrett stellte sie ihre und ihres Mannes Bücher, auf den Fußboden breitete sie einen hübschen, selbst gewebten Teppich, an die Wände hängte sie Bilder, sodass die Kinder die Stube kaum wiedererkannten.

Am meisten Mühe verwandte sie auf die hintere Stube, welche der Familie als Wohn- und Schlafzimmer diente. Dort stellte sie drei Betten auf: ein kleineres für die beiden Mädchen, eines für den Bauern und eines für den kleinen Andrischko und für sich. Das Zimmer hatte zwei Fenster mit einer Bank davor. Vor dieser stand der Tisch. Auch die große, bunt bemalte Truhe stand darin. Der Kleiderhaken fand ein Plätzchen hinter dem großen, altmodischen Kachelofen. Auch um diesen lief ein Bänkchen. Der hölzerne Fußboden bekam gleichfalls gute, etwas ältere Teppiche und die Fenster die rosafarbenen Gardinen der guten Stube. Den Tisch deckte eine einfache Decke von gleicher Farbe, für die Betten nähte sie solche Decken aus billigem Waschstoff. Ja, es war eine ganz verwandelte Stube, als nirgends mehr schmutzige Federbetten und ebensolche Wäschestücke umherlagen oder von den Wänden herabhingen.

Die Kinder bekamen ihr Winkelchen am Kachelofen. Hier war Platz für Betkas Puppe und für Andrischkos Bauklötze. In einer Fensterecke hatte Joschko seine Schulsachen. Vaters Sachen befanden sich in einem kleinen Wandschrank. Hier konnte er alles finden, was er brauchte, von Nägeln und Schrauben bis zum Hobel und zur Säge, die er zum Reinigen der Obstbäume brauchte.

Zum Schluss blieb noch die Stube jenseits der Einfahrt. Diese gab viel Arbeit, denn sie war in sehr schlechtem Zustand; aber endlich waren sie auch damit fertig. Dort stand Großmutters Truhe und ihr Bett. In diesem befanden sich auch die Federbetten, welche nach der ersten Frau geblieben waren, auch deren gute Kleider sowie ihr Leinenzeug. Die Muhme und Annitschka waren die Zeugen, dass die junge Frau nur etwas von dem älteren Zeug herausnahm, um für die Kinder neue

Wäsche und Kleider zurechtzumachen, da die armen Kleinen diese dringend nötig hatten.

Nach beendeter Arbeit hielten sie noch große Wäsche ab. Annchen musste helfen; die Knaben trugen Wasser. Betka hütete den kleinen Andrischko und das zahlreiche Geflügel. Sie wuschen alles, was sich an schmutziger Wäsche fand. Es gab ja doch nicht viel im Haus, was rein und heil war.

Es kam ein schöner Tag, und über Nacht wehte ein frischer Wind, so dass alles schön trocknete. So war erst die Hälfte der zweiten Woche vergangen und die ganze Wäsche war schon teils gemangelt, teils geplättet. Das, was geflickt werden musste, befand sich in Großmutters Stube.

Morgen wollte die junge Frau Brot backen, und deshalb wollten sie auch die alte Küche reinigen, die sich im Hof befand. Sie war allein von dem alten Haus übrig geblieben, als dieses abgebrannt war. Es war ein Kessel, ein Backofen und ein Herd darin, so dass man sie noch gut benützen konnte.

„Siehst du, meine Tochter“, seufzte die Muhme, „was hat der arme Martin Verdruss gehabt, weil er wollte, dass man in dieser Küche für das Vieh kochen, backen und waschen sollte, damit der viele Dunst dem neuen Gebäude nicht schade. Weder seine Frau noch seine Mutter wollten ihm den Willen tun und so wurde alles gleich wieder ruiniert. Kaum waren die Mauern fort, da kochten sie sogar für die Schweine in Töpfen auf dem neuen Sparherd, weil es ihnen zuviel war, den Kessel zu scheuern. Und du lobst diese Küche.“

„Freilich lobe ich sie, Muhme. Das erspart viel Zeit. Wenn wir sie jetzt hübsch herrichten, wird sie wie eine Backstube sein.“

Die alte Muhme wunderte sich im Stillen über die Frau des Neffen und schätzte sie sehr. Sie hatte alles in größter Unordnung angetroffen – aber sie machte keine einzige abfällige Bemerkung über die verstorbene Frau oder über die Mutter ihres Mannes.

„Gott segne jenen Menschen, der Martin auf die aufmerksam gemacht hat!“, dachte die Muhme im Stillen.

Wenn die Kinder miteinander streiten oder einander verklagen wollten, trat sie unter sie und sagte freundlich: „Wir wollen uns doch lieb haben." Sie gab jedem etwas zu tun, und der Streit verstummte. Und wenn sie am Abend noch so müde war, setzte sie sich zu ihnen und erzählte ihnen, was sie erlebt oder in einem Buch gelesen hatte. Andrischko schlief dabei auf ihrem Schoß ein und die Übrigen saßen mäuschenstill da und hörten zu. Betka und Joschko sollten erst zur Schule gehen, sobald der Vater wieder zurück war, weil sie keine ordentlichen Kleider noch Schuhe hatten. Der Muhme gefiel es besonders, dass die Mutter die Kinder dazu anhielt, selbst zu denken.

„Kinder, wie wollen wir morgen die Arbeit schaffen? Dies und jenes muss getan werden. Was will ein jedes übernehmen?"

Weil sie ihnen nichts befahl, hatten sie zu allem Lust. Annitschka war ein aufgewecktes Kind, aber sie stand auch gern ein wenig herum und wusste sich vor der Arbeit zu drücken. Aber wenn am Abend ein jedes erzählte, was es geschafft hatte und sie nur wenig aufweisen konnte, da verdross es sie; am nächsten Tage wollte sie nicht mehr hinter den Knaben zurückstehen.

Am fleißigsten war Palko. Der wäre für seine junge Mutter durchs Feuer gegangen.

Die Kinder wollten Andrischko nicht lehren, „Tante“ zu sagen, da er von selbst „Mama“ rief. Wenn sie mit ihm von Ilenka sprachen, nannten sie sie stets „die Mutter“.

Am Ende der zweiten Woche meinte Joschko plötzlich: „Nun kennen wir dich schon lange genug, du bist uns nicht mehr fremd, nun könnten wir doch schon ‚Mutter‘ sagen.“

„Wenn ihr mich lieb habt, wohl“, lächelte sie. „Die Mutter will ich euch gerne ersetzen, aber eine Stiefmutter will ich euch nicht sein.“

„Wir wollen ja natürlich auch keine Stiefmutter und werden dich niemals so nennen“, meldete sich Annitschka.

„Und du, Palko? Was sagst du?“

„Ich meine“, sprach der Knabe so ernst, als hörte man seinen Vater, „wenn du uns zuliebe unseren Vater geheiratet hast und nun seine Frau bist, so gehört es sich, dass wir dich ‚Mutter' nennen."

„‚Mütterchen' wollen wir ja zu dir sagen", schmeichelte Betka. „Was Katuscha uns erzählt hat, war ja gar nicht wahr; gelt, du wirst uns nicht schlagen?"

„I bewahre, Betuschka, da würde ich mich lieber selbst schlagen." Darauf folgten zärtliche Umarmungen und die Muhme sah mit verstohlener Rührung, wie die Kinder ihre neue Mutter endlich willkommen hießen. Dann setzten sich alle rings um sie her und sie erzählte ihnen, dass der Vater solch eine Sorge hatte, die wie eine schwere Last auf ihm liege, und sie wollten sich alle beraten, was sie tun könnten, um ihm dieselbe tragen zu helfen. Sie bedauerte die schönen Schimmelchen, die verkauft werden sollten, und meinte, dass sie alle es mit vereinten Kräften verhindern müssten. Sie fragten auch die Muhme um Rat. Diese meinte, dass man in solch einer großen Wirtschaft allerlei ersparen könne. Es sei doch schade um das viele Fallobst. Wenn die Jungens aus dem nahen Walde Holz holen würden, dann könnte man es sammeln, dörren und manchen Groschen dafür lösen. Aus den reifen Pflaumen könnte man auch gutes Mus bereiten. Wenn die Kühe genug Milch gäben, dann würde die Milch der einen für den Hausbedarf ausreichen, von der restlichen Milch könnte man Butter und Käse bereiten und verkaufen. Von dem Erlös könnte man das Nötige für das Haus beschaffen, und was der Vater an Getreide verkaufte, könnte zur Abzahlung der Schuld dienen. Von dem Geflügel sollte man über Winter nur die Hühner behalten, die Eier legten, das Übrige aber verkaufen und auch gut auf die Hühner achten, dass sie die Eier nicht verschleppten.

Die Knaben waren gerne bereit, Holz zu sammeln. Betka wollte die Sorge für die Hühner und Eier übernehmen, Annitschka und die Muhme sollten das Obst sammeln und dörren.

„Mich müsst ihr nähen und flicken lassen, damit ihr nicht länger so zerlumpt seid, wenn der Vater zurückkommt", sagte die Mutter fröhlich. „Es ist gut, dass meine Nähmaschine schon angekommen ist."

Zweimal hatte Ilenka an ihren Mann geschrieben, obgleich nichts Dringendes gekommen war. Er hatte ihr auch geantwortet. Er schrieb, dass er die Birnen gut verkauft habe und dass er wohl gegen Ende des Monats wiederkehren würde. Er schrieb sehr freundlich und ließ die Muhme und die Kinder, jedes mit Namen, grüßen. Alle freuten sich sehr darüber.

Der Oktober neigte sich dem Ende zu. In Mrasens Haus waren fleißige Hände emsig an der Arbeit. Auf dem sauberen Hof duftete es nach Backobst, das Annitschka eben umwendete. Palko tränkte das Vieh. Obwohl sie beide an der Arbeit waren, war keiner von ihnen schmutzig. Ihre Anzüge waren geflickt. Joschko schüttete den Schweinen auf und freute sich, wie sie schmatzten. Die Muhme nahm soeben Pflaumenmus aus dem Kessel und füllte es in ein Gefäß. Beim Herd stand die junge Hausfrau und bereitete das Abendbrot, als plötzlich Betka hereinstürzte.

„Vater kommt, ich erkenne unsere Glöckchen“, rief sie, ergriff den Bruder und lief ihm entgegen.

Auch die junge Bäuerin zog rasch das

Essen vom Feuer, damit es nicht anbrennen konnte, dann warf sie einen Blick auf den gedeckten Tisch und eilte ihrem Mann entgegen.

Ach, noch nie hatte man Martin Mras daheim so willkommen geheißen. Den Kindern war der ankommende Vater ein neuer. Mehr als eine Woche hatten sie sich bemüht, ihm seine Last tragen zu helfen. Das hatte ihnen den Vater näher gebracht. Palko nahm ihm die Pferde ab. Er hatte das Obst verkauft, aber er brachte drei Metzen Mais heim. Außer barem Geld brachte er noch einen Sack mit Schuhwerk mit.

Es dunkelte bereits; dennoch sah er, wie sauber der Hof war; wie freute er sich, als er die Küche betrat, während seine junge Frau, Andrischko auf dem Arm, sich nach seiner Reise erkundigte. Beinahe hätte er sein Haus so wenig wiedererkannt wie seine Kinder. Das alles wirkte so auf ihn, dass er Andrischko auf seine Arme nahm und das Kind abküsste, wie er es einst mit Palko gemacht hatte.

„Also hierher passt du schon besser“, lächelte er seiner Frau zu.

Ach, es war ein gutes Abendbrot; aber am meisten erquickte sich der Heimkehrende an dem guten, freundlichen Gesicht der jungen Frau und der alten Muhme sowie an den Gesichtern der fröhlich schmausenden Kinder. Er hatte sich heim gesehnt, aber so viel Gutes hatte er nicht erwartet.

„Was für ein Festmahl habt ihr mir da bereitet?“, lachte er. „Wie für einen werten Gast.“

„Gelt, Kinder, Vater ist uns auch der werteste Gast?“ Die blauen Augen der jungen Frau blickten prüfend umher.

„Ja, Mutter“, versicherte Palko aufrichtig.

Nach dem Abendbrot ging es ans Anprobieren der Schuhe. Sie passten alle vorzüglich.

Für Joschko hatte der Vater außerdem einen fertigen Anzug, für Palko Tuch zu einem Sonntagsrock, für die Kleineren Stoff für Kleider und Wäsche mitgebracht.

„Ich weiß, dass sie es nötig brauchen, aber da du sagtest, dass du es selbst nähen wolltest, habe ich nichts Fertiges mitgebracht“, entschuldigte er sich.

„Ei, freilich will ich es nähen; es wird umso haltbarer sein“, entgegnete sie fröhlich.

„Dir habe ich zwei Bücher mitgebracht, weil du Bücher gerne hast.“

„Bücher? Ach, danke!“ – „Die Pilgerreise des Christen aus der Stadt des Verderbens nach dem Berge Zion“, las sie den Titel des umfangreichen Buches. „Das wird sicher schön sein. Wenn jetzt die langen Abende kommen, können wir es gemeinsam lesen.“

Die Kinder waren vor Freude über die Heimkehr des Vaters wie verwandelt. Sie hatten sich noch nie so viel Vertraulichkeit erlaubt wie heute. Sie gaben keine Ruhe, der Vater musste sehen, was sie alles an Schönem im Haus hatten. Und er? Schrie er sie an? Blickte er finster? Ach nein! Er stand auf und ließ sich, wie vor drei Wochen die junge Hausfrau, durch das ganze Haus führen. Ihr war damals alles neu gewesen. Aber auch ihm erschien das ganze Haus so neu, dass er es kaum wiedererkannte. Gar oft hatte er voll Bitterkeit gedacht, wozu er sich all die Mühe gegeben, als er sehen musste, wie jene beiden Weiber das schöne Haus, das nach seinem eigenen Plan erbaut war, in einen Stall umgewandelt hatten, so dass nichts, aber rein gar nichts in Ordnung war. Heute freute er sich, dass er es besaß; wusste er es doch in den besten Händen.

Er konnte sich nur nicht genug wundern, wie dieses Wunder an Ordnung und Reinlichkeit in so kurzer Zeit geschehen konnte.

„Habt ihr noch jemanden als Hilfe gehabt?", fragte er die Kinder.

„Nein, Vater, wir haben alle geholfen."

„Andrischko hat auch geholfen, weil er uns nicht gestört hat", erklärte Betuschka.

„Von den Verwandten ist niemand zu euch gekommen?"

„Nein, nur Tante Zaluschanska suchte eine Henne in unserem Hof und fragte, wo die Mutter sei. Aber sie war gerade in der Stadt, um das Küchengerät zu kaufen. Mich hat sie gefragt, ob Mutter uns schon geschlagen hätte", lachte die Kleine verächtlich. „Mütterchen ist sonst nirgends gewesen. Nicht einmal in der Kirche war sie. Denn wir hatten weder Kleider noch Schuhe, und ohne uns wollte sie nicht gehen. Sie sagte, wir würden dann mit euch zusammen gehen."

„Ich danke dir vielmals, Ilenka", sagte Mras, als die Kinder mit der Muhme bereits zur Ruhe gegangen waren und er noch mit ihr bei Tisch saß, „dass du mir mein Haus so in Ordnung gebracht hast. Nun muss ich mich nicht mehr deswegen schämen. Von Kind auf habe ich mich danach gesehnt, es um mich her ein wenig hübsch zu haben. Ich dachte, in dem alten Haus ginge es nicht, es sei zu wenig Platz da. Ich baute ein größeres – und es war noch mehr Unordnung da. Ich sehe schon, dass die Ordnung dem Menschen im Blut liegen muss, sonst geht es nicht. Aber ich sehe auch, dass du allerlei gekauft hast. Ich konnte dir kein Geld dalassen, weil ich keines hatte; aber jetzt will ich es dir gleich geben, damit wir nicht in neue Schulden geraten."

„Du irrst dich", wehrte die junge Frau ab; „ich will dir vielmehr geben, was ich mit den Kindern erwirtschaftet habe." Sie lief in die Stube und brachte ein kleines Büchlein herbei. „Sieh hier, was wir eingenommen und ausgegeben haben, ich habe hier alles eingeschrieben."

„Hast du gefürchtet", sagte er stirnrunzelnd, „ich würde dir nicht glauben, weil du es eingeschrieben hast?"

„Aber warum?", entgegnete sie verwundert. „Meine Herrin hat mich das gelehrt. Dort musste ich jeden Kreuzer, den sie gab und den ich ausgab, einschreiben. Sie selbst tat es auch. Glaube mir, Martin, das war für den Herrn Doktor ein Glück. Obwohl er schöne Einnahmen hatte, musste der Herr Doktor noch seine ganze Familie unterstützen, und auch seine Frau hatte einen Bruder auf der Hochschule, für den sie sorgen mussten. Sicher wären sie da leicht in Schulden geraten. So aber sahen wir am Ende der Woche immer unsere Bücher durch und dabei sagte die Frau Doktor gleich: ‚Sieh mal, Ilenka, dies hier hätten wir nicht kaufen müssen und jenes hätte auch unterbleiben können, nächstens wollen wir besser Acht geben!' Gar oft sagte sie mir: ‚Kaufe niemals, was du haben musst, sondern nur das, was du durchaus nicht entbehren kannst. Denn oft, wenn dir etwas gefällt, meinst du, du müsstest es haben, und wenn du es nicht kaufen kannst, geht es auch ohne das.' Nun, so habe ich auch hier alles eingeschrieben und bitte dich, es durchzusehen."

„Deine Herrin ist eine kluge Frau", lobte Mras und dachte dabei daran, was Frau und Mutter an überflüssigen Dingen eingekauft hatten, wenn sie auf den Jahrmarkt gegangen waren, und dabei hatte es im Haus doch stets am Nötigsten gefehlt.

Er sah das Büchlein durch und wunderte sich, was die junge Hausfrau alles angeschafft, aber auch, was sie alles verkauft hatte, so dass sie nicht nur keine Schulden gemacht, sondern sogar noch etwas erspart hatte.

Sie erzählte ihm freudig, wie sich die Kinder bemühten, die Pferdchen zu retten, und bat den Mann, ihnen seine Zufriedenheit zu zeigen, um sie anzuspornen.

Er musste daran denken, was er darum gegeben hätte, wenn ihn seine Mutter jemals gelobt hätte, aber wie er sich auch bemüht hatte, ihr war es niemals genug gewesen. Er sagte zwar kein Wort, aber in der Tiefe seines freudigen, bewegten Herzens regte sich die Sehnsucht, seinen Kindern ein guter, verständnisvoller Vater zu werden. Bis heute hatten sie noch wenig Liebe von ihm erfahren. Er wusste, dass seine junge Frau sie dazu angespornt hatte, ihm zu helfen, aber es war schon viel, dass sie sich leiten ließen. Sie waren wirklich wie umgewandelt.

„Noch etwas möchte ich dich bitten, Martin", begann die junge Frau schüchtern.

„Ich will es dir zuliebe gerne tun", versicherte er herzlich.

„Die Muhme hat mir gesagt, dass du Geld geliehen hast und sehr hohe Zinsen zahlen musst. Möchtest du es nicht lieber irgendwo anders entlehnen?"

Er runzelte die Stirn. „Denkst du, dass mir jemand etwas leihen würde? Ich weiß, dass man mich ausbeutet, aber was hilft das?"

Sie legte das Einlagebuch einer Bank vor ihm hin. „Das ist mein mütterliches Erbteil und das, was ich mir während meiner Dienstjahre erspart habe. Es ist nicht viel, nur eintausendsechshundert Kronen, und die Muhme sagt, dass dein Wechsel auf dreitausend Kronen lautet. Ich dachte, wir könnten vielleicht etwas von unserem Jungvieh verkaufen. Wir haben ja sehr gute Kühe. So könnten wir vielleicht die zweitausend Kronen zusammenbekommen, und den dritten Tausender würde dir der Herr Doktor leihen. Ich habe ihn nämlich brieflich um Rat gefragt. Gestern kam die Antwort von seiner Frau, du kannst sie selbst lesen."

Mras nahm das Büchlein und den Brief und begann zu lesen. Es war ein schöner Brief der Frau Doktor, voll mütterlicher Anteilnahme an dem Schicksal ihrer einstigen Hausgehilfin. Zum Schluss riet sie ihr dringend, sich sobald als möglich aus den Händen jenes Wucherers frei zu machen. Ihr Mann werde ihr gerne ihre Ersparnisse in der Bank abheben und ihnen den Rest zu vier Prozent Zinsen, in monatlichen Raten rückzahlbar, leihen.

Als der Mann dann das Bankbuch durchsah, wo das Geld stets zu fünfzig Kronen eingelegt war, dachte er: „Das ist nicht nur ihr Erbteil, sondern es sind auch ihre sauer verdienten Groschen, die sie mir so freudig anbietet. Gott selbst hat sie mir wohl ins Haus gesandt, um uns alle zu retten.“

Manchmal bringt unerwartete Hilfe in großer Not den Menschen eher zu Tränen als unerwarteter Schmerz. Martin Mras hatte nicht geweint, als sein Haus abgebrannt war, er hatte seit dem Tod seines Vaters überhaupt nicht mehr geweint, was immer auch über ihn hereingebrochen war – jetzt legte er seinen Kopf in die Hände und brach in Tränen aus.

Die junge Frau war darüber nicht wenig erschrocken.

„Aber Martin, warum weinst du? Ich habe dich doch hoffentlich nicht erzürnt oder betrübt?“

Er hielt inne, trocknete die Tränen, nahm ihre warme Hand in seine schwielige Rechte und sagte, sie mit einem seltsamen Blick ansehend: „Bis zum Tode werde ich dir das nicht vergessen, dass du solch ein Vertrauen zu mir hast; all dein sauer Erworbenes hast du mir gebracht. Als ich mich wieder verheiraten wollte, suchte ich nach einer Armen, damit sie mir nicht meine Schulden vorwerfen könne. Niemals hätte ich gedacht, dass mir der liebe Gott mit dir solch eine Hilfe ins Haus schicken würde. Ich danke dir vielmals, Ilenka, aber ich kann dein Geld nur annehmen, wenn du es mir leihst und ich dir einen Schuldschein darüber ausstellen darf."

„Aber warum denn, Martin? Ich bin doch dein Weib! Oder gehöre ich etwa nicht zu euch? Habe ich dir nicht Treue in jeder Not versprochen?"

„Das wohl, Ilenka; aber ich habe dir das Gleiche gelobt. Ich bin schon älter, du bist noch jung. Die Kinder sind noch klein, und wenn ich sterbe, haben sie Anspruch auf einen doppelten Anteil von meinem ganzen Besitz. Leicht könnte dir von Seiten der Obrigkeit Unrecht geschehen; Gläubiger haben den Vorrang. Es ist genug, wenn du mir das Geld ohne Zinsen leihst."

„Nun, wie du willst, du verstehst das besser, tue, wie du es für recht hältst. Sobald du dich ein wenig ausgeruht hast, wollen wir gleich nach K. fahren, um das Geld abzugeben. Vielleicht finde ich unter den mir dort bekannten Kaufleuten auch einen ständigen Abnehmer für Butter und Käse. Wir können es ihm durch die Post senden. Auch das gedörrte Obst und das Pflaumenmus, das die Muhme und die Kinder bereitet haben, wollen wir auch mitnehmen."

„Gut, Ilenka, aber auch deiner früheren Herrschaft musst du einen Korb voll mitnehmen. Wir sind ihnen sehr viel Dank schuldig, weil du so viel dort gelernt hast und weil sie uns aus den Händen des Wucherers befreien wollen."

Bis in die Nacht hinein berieten sich die Eheleute. Obwohl Mras von der Reise sehr müde war, wollte er gar nicht schlafen, so belebte ihn die Hoffnung auf bessere Zeiten. Er hätte sich nicht träumen lassen, dass er solche jemals noch erleben würde.

Am folgenden Sonntag waren alle Einwohner von Zaluschanie nicht wenig überrascht, denn mit Ausnahme des kleinen Andrischko, der mit der Muhme daheim geblieben, kam die ganze Familie Mras zur Kirche. Die Mädchen gingen nach Ortssitte in den Altarraum, die Knaben auf die Empore. Mras führte seine Frau zu der Bank, wo früher seine verstorbene Frau gesessen, dann setzte er sich selbst auf seinen gewohnten Platz.

Er sah sehr finster aus, denn er wusste, dass viele Augen auf ihn gerichtet waren, und das konnte er nicht leiden. Die Frauen dachten sich ihr Teil. Auch die Männer schielten verstohlen nach den Bänken der Frauen.

„Wie er sie geführt hat! Dabei passt sie zu ihm wie eine Nelke zur Distel." Ihre Tracht unterschied sich nur wenig von der der Frauen von Zaluschanie, nur die Spitze an der gesteiften Haube war etwas breiter, so dass sie das liebliche Gesicht gleich einem Rahmen umgab. Das Jäckchen war nicht blau, sondern schwarz mit kleinen Silberknöpfen verziert.

Als sie aus der Kirche traten, sah sich die junge Bäuerin alsbald von Nachbarinnen umringt.

„Das muss ich sagen", erklärte nachher die Untermüllerin, „sie ist eine hübsche, freundliche Person. Wo er die nur hergenommen hat? Als ich sie fragte, ob es ihr nicht traurig zumute gewesen sei, als sie der Mann allein gelassen, sagte sie, sie habe keine Zeit zum Trauern gehabt, weil sie das Hauswesen in Ordnung bringen musste. Es schien sie gar nicht zu verdrießen, dass sie in solch eine Unordnung gekommen war. Wie sie wohl mit dem Finsterling weiterleben wird?“

* * *

„Martin, willst du mich am Nachmittag nicht zu deinen Schwestern bringen?“, bat die junge Frau beim Mittagessen. „Wenn sie dir Unrecht getan haben, kannst du es nicht doch vergeben? Ich möchte mich ihnen gegenüber nach dem Wort der Heiligen Schrift verhalten: ‚So viel an euch ist, habt mit allen Menschen Frieden.‘“

Fast erschrocken blickte die Muhme den Neffen an, was er seiner jungen Frau wohl antworten würde. Ein Weilchen erwiderte er nichts, aber die Falten auf seiner Stirn wurden noch tiefer.

„Wenn du mich nirgends hinführst“, bat die junge Frau, „würde es so aussehen, als ob du dich meiner schämtest, und ich würde in eurem Dorf immer allein und fremd bleiben.“

„Damit du so etwas nicht denkst“,

sprach der Bauer aufstehend, „will ich dich heute zu meiner ältesten Schwester führen; du findest da auch die übrige Familie beisammen, die sich unser so wacker angenommen hat, als wir ihrer Hilfe bedurften! Glaube, es wird dir nicht zum Nutzen gereichen, denn du passt so wenig zu ihnen wie in unser Haus, bevor du es nach deinem Geschmack eingerichtet hast."

„Höre, Sohn, du tust recht, wenn du den alten Hader endlich begräbst", rief die Muhme freundlich. ‚Wer dich mit Steinen bewirft, dem reich ein Stück Brot', sagt ein altes slowakisches Sprichwort. Leute zu Leuten, Berge zu Bergen. Bitterkeit schadet dem am meisten, der sie im Herzen nährt. Ilenka hat Recht. Sie würde hier lange fremd bleiben. Es fällt einem fremden Menschen ohnehin schwer, an einem anderen Ort heimisch zu werden."

Alles andere hätte die alte Zaluschanska, wie sie seit der Verheiratung ihres Sohnes Adam genannt wurde, eher erwartet, als sie an diesem Sonntagnachmittag mit ihrem Gesangbuch in der Küche saß und soeben ihre Brille putzte, um besser sehen zu können, als plötzlich die Tür aufgerissen wurde und ihre Enkelin Marischka mit den Worten hereinstürzte: „Großmutter, Onkel Martin kommt mit der neuen Tante!"

„I bewahre, was du nicht sagst! Hast du recht gesehen?"

Das Mädchen konnte nicht mehr antworten; man hörte Schritte und Stimmen. Adam öffnete die Türe und führte den Onkel mit seiner jungen Frau herein.

Die Bäuerin wusste, dass ihr Bruder ihr nicht mit Unrecht zürnte. Als er nun so unvermutet kam und ihr die neue Schwägerin vorstellte, beeilte sie sich, die beiden freundlich zu begrüßen. Denn wenn er zu ihr kam, behielt sie die Oberhand.

Sie führte die Gäste in die Stube. Etwas später kam die Schwiegertochter, Adams Frau, herein. Sie war heute nicht in der Kirche gewesen, darum war sie auch nicht sonntäglich gekleidet und sah wenig ordentlich aus. Auch das Kind auf ihren Armen, der kleine zweijährige Mischko, war noch nicht gewaschen. Neugierig blickte die hübsche, aber unsaubere Frau auf die neue Verwandte, dann ging sie ein wenig beschämt hinaus und kam nach einem Weilchen in etwas besserem Aufzug wieder; auch das Kind hatte sie etwas gewaschen, aber nicht umgekleidet.

Man plauderte ein wenig. Ilenka hatte viele Fragen der Schwägerin zu beantworten. Mras sprach mit seinem Neffen – da kam Anna, seine jüngere Schwester, mit ihrem Mann herein. Sie wussten bereits, wen sie antreffen würden, dennoch fiel es ihnen schwer, mit dem Bruder und der Schwägerin ins Gespräch zu kommen. Nach ihnen kam Suska, ihre Tochter, ein Mädchen so weiß und rot wie eine Blume im Wald, mit Adams jüngerem Bruder. Ihnen folgten Suskas Brüder Simon und Imrich, und zum Schluss kam der alte Richter Lubietovsky mit seiner Frau, Annas Schwiegereltern.

Die Alten fingen ein Gespräch mit Martin an, während die jungen Leute alsbald Ilenka umgaben. Sie wusste auch so hübsch zu plaudern, dass es allen war, als seien sie alte Bekannte.

Das Ehepaar Mras hielt sich nicht lange auf, aber beim Fortgehen tat Martin noch etwas Unerwartetes: Er lud die ganze Familie für den nächsten Sonntag zu einem Abendbrot ein, da er sie, wie er sagte, der Verhältnisse wegen nicht zu seiner Hochzeit hatte einladen können.

Bald war im ganzen Dorf bekannt, dass Mras sich mit seiner Verwandtschaft versöhnt habe. Vielleicht saß ihm doch das Messer des Halsabschneiders an der Kehle, so dass er die Schwestern bitten wollte, für ihn gutzustehen, aber das waren zum Rupfen zu harte Gänse.

So kam der nächste Sonntag endlich herbei. Die Familie stellte sich vollzählig ein. Heute kam Eva Zaluschanska im vollsten Schmuck, auch das Kind hatte sie herausgeputzt. Alle konnten das freundliche Haus nicht genug bewundern; jeder Stadtherr hätte hier wohnen können.

Ilenka und die Muhme hatten ein großartiges Festmahl bereitet. Für die Kinder hatten sie in der Küche hübsch gedeckt. Die Muhme blieb bei ihnen und betreute die beiden Kleinsten.

Die Männer brachen nach dem Abendessen früher auf; die älteren von ihnen gingen noch auf ein Gläschen zu Aaron

Abeles. Dort wartete ihrer eine große Neuigkeit. Voller Neugierde bemerkte dieser ihnen gegenüber, dass die junge Frau Mras wohl reich sein müsse, denn heute am Morgen sei Mras zu ihm gekommen und habe den Wechsel auf dreitausend Kronen nicht verlängert, sondern samt den Zinsen ausbezahlt.

Die Männer erzählten es ihren Frauen, als sie heimkamen. „Man sieht es ihr ja gleich an, dass sie aus gutem Hause ist; ich merkte es sofort, als ich den schön gedeckten Tisch sah, wie bei Herrschaften. Der hat es gut getroffen. Letzte Woche sind sie beide fort gewesen, da haben sie wohl das Geld geholt. Auch ein Spinnrad und einen Webstuhl hat sie mitgebracht und eine Menge Garn zum Weben“, erwiderte die Müllerin. „Sie haben den Webstuhl in der Stube der Großmutter aufgestellt, dort will die junge Bäuerin weben, und auch Susannka hat sie versprochen, sie weben zu lehren.“

Es war ein schöner Novembertag, für den sich selbst der September nicht geschämt hätte. Goldene Sonnenstrahlen zerrissen die Nebelschleier, die sich über den Wäldern gelagert hatten; leise sanken die bunt gefärbten Blätter von den Bäumen und bedeckten den Boden gleich einem farbenprächtigen Teppich. Die ganze Natur glich einer schönen Greisin, die sich kurz vor dem Scheiden zum letzten Mal in ihre hübschen Gewänder gehüllt hat. Durch diese schöne herbstliche Welt schritt Ilenka Mras. Sie kam aus der Richtung von T. und trug einen großen, in weißes Leinen eingehüllten Korb auf dem Rücken. Aber sie schritt so leicht unter ihrer Last wie eine schlanke, junge Tanne, die auf freier Bergeshöhe im Sonnenlicht gewachsen ist. Sie kam vom Markt. Da sie alles rasch verkauft und alles Nötige eingekauft hatte, kehrte sie bald heim. Die anderen Frauen verplauderten noch zwei bis drei Stunden.

Die verstorbene Frau Mras war nie vor dem Mittagbrot heimgekehrt. Vielleicht ging die junge Frau so schnell, weil sie hier noch sehr fremd war? Ach nein, man kannte sie schon, und weil sie für jeden ein freundliches Wort hatte, wären manche gerne mit ihr stehen geblieben, aber sie wollte nichts im Haushalt versäumen, darum hielt sie sich nicht lange auf.

Heute ging sie in Gedanken versunken dahin. Dennoch bemerkte sie, dass vor ihr jemand am Wegrand saß und ausruhte. Sie grüßte freundlich. Der Rastende war ein älterer Mann.

„Kommt ihr schon vom Markt, Frau Mras?“, fragte er verwundert. Er lud sein Bündelchen auf die Schulter und ging neben ihr weiter. Erst jetzt erkannte sie in ihm den Maurer, der gestern Abend bei ihnen gewesen und mit dem Martin eine lange Beratung abgehalten hatte.

„Ihr seid es, Herr Usowitsch? Ich habe euch gar nicht gleich erkannt.“

„Kein Wunder, ihr habt mich ja noch wenig gesehen“, erwiderte er freundlich. „Ich möchte euch gern etwas fragen, Ilenka. Nehmt es mir nicht übel, dass ich euch einfach beim Vornamen nenne; ihr seid jung und wir sind ein wenig verwandt, was ihr wohl gar nicht wisst?“

„Seid ihr aus der Familie meines Mannes? Ich kenne noch nicht alle“, entschuldigte sie sich.

„Mit Mras bin ich nicht verwandt, nur

mit euch: eure Mutter war doch eine geborene Stanek?“

„Meine Mutter? Freilich! Und ihr?“

„Ich bin der rechte Bruder eurer Großmutter, somit euer Großonkel. Als Martin mir gestern euren Familiennamen sagte, freute ich mich sehr. Ich bin hier mit meinem Stiefbruder, dem herrschaftlichen Förster, noch ziemlich fremd. Als ich euch den Hügel herabkommen sah, habe ich auf euch gewartet, denn ich möchte gerne wissen, ob ihr mich als Onkel haben wollt.“ Der Greis reichte der jungen Frau die Hand. Sie legte die ihre herzlich hinein, während Tränen in ihre Augen traten.

„Willkommen, Onkel Michael. Mutter hat öfter erwähnt, dass ihr so lange fort gewesen seid.“

„Ja, meine Tochter, und ich wäre wohl für immer fortgeblieben, aber mein jüngerer Stiefbruder Jan wollte nicht daheim bleiben und so musste ich heimkehren und an seiner Statt unsere Mutter zu Tode pflegen. Sie hat ein hohes Alter erreicht, erst vor fünf Jahren hat Gott sie abgerufen. Dann wollte ich die weite Reise nicht mehr unternehmen, und so blieb ich hier. Ich habe unseren Besitz verkauft und lebe jetzt bei meinem Bruder. Wir hausen ganz gemütlich zusammen. Du musst uns einmal besuchen. Jan ist zwar kein Verwandter von dir, aber er wird sich freuen und seine Kinder noch mehr, namentlich Marischka."

„Ich werde kommen, Onkel. Ich ginge gleich, am Vormittag habe ich jedoch keine Zeit. Ich will die Muhme bitten, mich zu euch zu führen. Glaubt mir, ich freue mich schon sehr darauf."

„Ich glaube es, meine Tochter. Blut ist kein Wasser. Es zieht den Menschen doch stets zu seiner Familie, besonders wenn er in der Fremde ist. Du aber hast dich hier schon eingelebt, nicht wahr?"

„Ich bin noch am Einleben. Aber der liebe Gott wird es geben, dass ich bald ganz heimisch bin. Sie haben mich alle lieb."

„Das glaube ich." Er nickte mit dem grauen Kopf und lächelte freundlich. „Du hast auch alles gar schön in Ordnung gebracht. Als wir damals Mras das Haus bauten, da freute ich mich mit ihm, dass er nun solch ein schmuckes Haus nach seinen Wünschen hatte. Es war noch eine Mauer zu verputzen geblieben, so kamen wir im Frühling wieder. Ach, der arme Mras, wo war seine Freude geblieben? Jene beiden Weiber hatten bis zum Frühling alles so verkommen lassen, dass ich mich geradezu entsetzte. Meine Mutter war eine alte Frau, aber sie duldete bis zu ihrem Tod keine Unordnung um sich her. So hat sie auch uns erzogen. Du bist ihr nachgeraten, meine Tochter, fahre nur so fort, du sollst es sehen, dass auch aus Mras mit der Zeit noch ein ganz anderer Mensch werden wird. Bei jenem Bau habe ich gesehen, was dieser Mensch von den beiden unordentlichen Frauen zu erdulden hatte. Er ist schon heute ein ganz anderer als damals. Auch ein alter Baum, der schon verkümmert ist, kann noch geraten, wenn er aus dem schlechten Boden kommt. Du hast recht getan, dass du dich seiner und seiner Kinder erbarmt hast. Er ist ja noch ein junger Mensch. Als er damals gegen seinen Willen heiraten musste, war er vierundzwanzig Jahre alt. Jetzt ist er in den Vierzigern. Was ist das für einen Mann?

Er kann noch zwanzig und dreißig Jahre leben, wenn du ihn gut pflegen wirst. Du wirst ihm alles ersetzen, was er verloren hat."

„Glaubt mir, er dauert mich oft so, wenn er so versunken oder finster dasitzt. Was er erlebt hat, liegt auf ihm wie eine schwere Last. Es tut mir so wohl, wenn ich ihn lächeln sehe. Seine Schwester sagte, sie kenne ihn gar nicht mehr wieder. Ich wollte ihr nicht erlauben, vor den Kindern mehr zu erzählen. Ich weiß, dass sie nicht schwesterlich an ihm gehandelt hat. Euch, Onkel, darf ich wohl fragen: Wie war er früher?"

„Sehr böse, meine Tochter. Er machte kein Geschrei, denn jene beiden hätte er nicht überschrien, aber er sah einfach zum Fürchten aus. Die Kinder gingen ihm scheu aus dem Weg. Mitunter sprach er tagelang kein Wort. Wir Handwerker hatten uns zwar nicht zu beklagen, dass er uns Unrecht getan oder verkürzt hätte. Anfangs war es uns widerwärtig, mit ihm zu bauen, aber als wir ihn kennen lernten und sahen, was für ein Kreuz er zu tragen hatte, wunderten wir uns nicht mehr über ihn. Einer der Maurer sagte damals, er möchte sich lieber einsperren lassen, als mit Martins Mutter zu hausen. Es gibt kein größeres Übel auf der Welt als ein böses Weib, und die alte Mras war ein solches, das muss ich leider sagen. Sie hatte ihren Mann zu Tode gequält und auch das Leben ihres Sohnes zerstört. Aber, meine Tochter, hier gehen unsere Wege auseinander. Ich habe noch Arbeit bei Horaks. Gott der Herr helfe dir bei deinen guten Vorsätzen! Du hast es nicht leicht, das weiß ich, aber: ‚Je größer das Kreuz, desto näher ist Jesus.' Ja, da hätte ich beinahe vergessen, was ich dich fragen wollte: Liebst du unseren Herrn Jesus Christus?"

Die schönen blauen Augen der jungen Frau öffneten sich voll Verwunderung.

„Ob ich ihn liebe?"

„Ja! Liebst du ihn? Denkst du an ihn, was er alles für dich getan hat und wie sehr er dich liebt? Du tust viel Gutes, darum dachte ich, dass es aus Liebe zu ihm geschieht und dass seine Liebe dir Kraft gibt!" Eine leise Enttäuschung klang aus der Stimme des alten Mannes.

„Ich verstehe euch nicht, Onkel. Ihr habt jetzt keine Zeit, ich auch nicht, aber wenn ich euch besuche, werdet ihr mir alles erklären, nicht wahr?"

„Gerne, mein Kind, aber was ist da zu erklären? Du weißt doch: ‚Also hat Gott die Welt geliebt, dass er seinen eingeborenen Sohn gab, auf dass alle, die an ihn glauben, nicht verloren werden, sondern das ewige Leben haben.' Ich habe diese Wahrheit erst im Alter erkannt. Du bist noch jung; wenn der Herr dir sie offenbart, wirst du ihn gar sehr lieben."

Bevor sich's die junge Frau versah, war sie allein.

In der Ferne tauchten schon die Türme der katholischen und der evangelischen Kirche ihres Dörfchens auf.

Ob sie den Herrn Jesus liebte? Welch seltsame Frage! Sie betete doch zu ihm, sie glaubte alles, was in der Heiligen Schrift oder in der Postille geschrieben stand, aus der jetzt auf ihre Bitte Martin an jedem Sonntag einen Abschnitt vorlas. Aber ihn lieben? Darüber hatte sie wirklich noch nie nachgedacht. Und dass er sie liebte, hatte der Onkel gesagt. Sie? Unmöglich!

Unwillkürlich blickte sie zu dem hellen, sonnigen Himmel auf. Dort saß er auf dem Throne seines Vaters, in solcher Herrlichkeit, wie Martin gerade gestern vorgelesen hatte. Und er liebte sie? Aber wahrhaftig – was hatte er alles verlassen müssen, als er auf diese Erde kam, und was wartete seiner da! Noch nie war es ihr so vor Augen getreten wie jetzt. Sie war in der Schule eine gute Schülerin gewesen, sie hatte manches aus den Evangelien auswendig gelernt, ja fast die ganze Leidensgeschichte.

Wenn er das wirklich aus Liebe zu allen Menschen – folglich auch zu ihr – auf sich genommen hatte, dann musste er sie doch lieben. Aber das war doch schon so lange her – und der Onkel hatte davon gesprochen, dass er sie heute liebte. Es waren in der Tat seltsame Worte gewesen, die junge Frau musste den ganzen Heimweg darüber nachdenken, und ein großes Verlangen nach einem baldigen Besuch bei dem Onkel wurde in ihr rege.

Daheim fand sie alles, wie man zu sagen pflegte, auf den Kopf gestellt. Die Kinder hatten sich gezankt und geschlagen und den Vater erzürnt. Die Knaben hatten jeder ein paar Ohrfeigen bekommen, Annitschka trotzte in der Küche, Joschko lärmte im Hof, Palko lehnte verdrossen in der Stalltür. Betka kochte mit dem kleinen Andrischko in der alten Küche; die Muhme war nicht daheim. Mras saß finster in der guten Stube. Er hatte Papier vor sich, schrieb und rechnete.

Ja, alles stand auf dem Kopf und war nicht so schnell wieder zurückzubringen. Die Kinder beschuldigten sich gegenseitig, und als Ilenka sie aufforderte, sich zu versöhnen, erwiderte Annitschka frech: „Joschko wollte nicht gehorchen und um Wasser gehen, wie er es sonst doch gerne gut."

Ilenka erwiderte kein Wort; sie nahm die Eimer und holte selbst das Wasser, dann machte sie Feuer an, da Annitschka sich nicht dazu bequemte. Als Palko ungeheißen Holz herbeibrachte, dankte sie ihm, aber sie fing nicht wie sonst ein Gespräch mit den Kindern an, auch nicht mit Betka, die den ersten Anlass zu dem ganzen Streit gegeben, nur das Kleinchen nahm sie auf den Arm und gab ihm das mitgebrachte

Brötchen. Kurze Zeit darauf war es in dem großen Haus so still, als ob keine Kinder da wären. Sie hatten sich jedes in ein Winkelchen verkrochen und fühlten sich sehr unglücklich.

Ilenka ging zu ihrem Mann herein und fand ihn am Tisch sitzend, das Gesicht in den Händen verborgen.

„Quäle dich nicht so sehr, Martin, das wird alles wieder gut. Bitte, zürne den Kindern nicht; wir sind doch auch nicht immer so, wie wir sein sollten. Wir müssen Geduld mit ihnen haben."

Er hob den Kopf. „Du warst nur ein wenig fort", sagte er, „da ging es schon los. Ich hatte mich bereits gefreut, dass sie anders geworden seien, aber es war vergeblich. Was einmal verdorben ist, das kann nicht wieder gut werden, weder sie noch ich." Er stand auf und verließ die Stube, denn er hörte die Pferde wiehern und wollte nach ihnen sehen. Plötzlich erklang es schüchtern neben ihm: „Vater, ich bitte euch, verzeiht mir, dass ich euch erzürnt habe!"

Es war die erste Bitte von den Lippen seines ältesten Sohnes. Alles andere hätte

Mras eher erwartet, als dass sein Sohn ihn um Verzeihung bitten würde. Er blickte den Knaben an. „Er ist besser als ich“, dachte er dabei, „er kann sich noch bessern.“ Er reichte Palko die Hand.

„Ich zürne dir nicht. Gib den Pferden Futter und sage Mutter, dass ich in die Mühle gegangen bin.“

Am Herde stehend, wischte sich Ilenka soeben die Tränen ab, die ersten, die sie in diesem Haus weinte, als plötzlich ein lautes Schluchzen hinter ihr sie bewog, sich umzudrehen.

„Was ist mit dir, Palko?“, rief sie erschrocken aus.

„Ach, weil ihr mir zürnt. Ich möchte lieber unter der Erde sein. Vater habe ich abgebeten, er hat mir vergeben und lässt euch sagen, dass er in die Mühle gegangen ist. Aber was hilft mir das, wenn ihr auf mich böse seid!“

„Palko, ich bin ja nicht mehr böse! Ich habe nur gewartet, bis ihr aufhört, böse zu sein.“ Sie zog den Krauskopf des Knaben an sich und küsste ihn auf die Stirn. „Weine nicht! Zwischen uns ist alles wieder gut; Vater hast du um Verzeihung gebeten und wir haben uns lieb, nicht wahr?"

„Ach, ich habe euch doch so sehr lieb, wenn ihr mir bloß nicht mehr zürnt!"

„Palko, es ist doch öfter bei euch so gewesen wie heute, und du hast nicht geweint."

„Es war alle Tage so, aber ich könnte es nicht länger mehr ertragen. Ich will nicht, dass ihr meinetwegen weint. Sagt mir, was ich tun soll, um besser zu werden. Ich hatte es mir so fest vorgenommen, immer gut zu sein, und ich war es doch auch, nicht wahr? Und nun ist wieder so etwas vorgekommen."

Ilenka fühlte mit dem Knaben. Sie suchte ihn zu trösten, aber raten konnte sie ihm nicht. Es war ja leichter, ein verwildertes Haus in Ordnung zu bringen als ein Herz, das von Jugend auf verwildert war. Nur Gott allein konnte das tun. „Aber sie werden sich schon bessern", dachte sie mit der frohen Hoffnung der Jugend. „Sie werden ihrem Vater Freude machen, ganz gewiss."

Beim Mittagessen waren die Kinder schweigsam. Annitschka trotzte noch immer und blickte auf ihren Teller.

Betka tat, als ob nichts gewesen sei, aber sie schielte hin und wieder nach ihrem Vater; dieser sprach nur mit Palko und der Mutter. Er erzählte, dass der Maurer Usowitsch ihm den Platz für eine Dörrhütte ausgemessen habe. Während des Winters wollte er alles Nötige bauen. Die Kinder verstanden, dass der Herr Doktor, bei dem Mutter gedient, ihm dies geraten hatte, damit nicht so viel Obst zu Alkohol verwendet würde. Mutter und Palko freuten sich darüber. Palko wollte gleich morgen Weidenruten holen. Annitschka und Joschko hätten sich gerne ins Gespräch gemischt, aber es ging nicht.

„Auf dich sind die Eltern nicht böse", brummte Joschko.

„Ich habe beide um Verzeihung gebeten. Warum tut ihr das nicht?"

Bis zum Abend hielten es die Kinder aus, dann baten sie unter Tränen erst der Mutter ab. Sie führte sie zum Vater herein. Sie zitterten ordentlich vor ihm, aber er vergab ihnen wirklich.

Es war Abend, bevor Ilenka zu ihrem Onkel gehen konnte. Mras begleitete sie hin. Es war ein hübsches Stück Weg. Das

Forsthaus grenzte an ein Eichenwäldchen. Über demselben erhob sich der sorgfältig gepflegte herrschaftliche Wald.

Der Förster war soeben aus dem Revier heimgekehrt, die Familie saß in dem hübschen, einfach, aber städtisch eingerichteten Wohnzimmer beisammen. Marischka, die achtzehnjährige Tochter, welche seit dem vor zwei Jahren eingetretenen Tod ihrer Mutter den Haushalt führte, stickte ein Hemd für ihren Bruder; er trug die gestickten Hemden, die zur Volkstracht gehörten, obwohl er eine höhere Schule besuchte. Der älteste Sohn, Andreas, war mit Laubsägearbeit beschäftigt. Der Vater, ein hoch gewachsener Mann mit ernsten Zügen, las die Zeitung und Onkel Michael flocht ein Körbchen aus Rohr.

Sie bemerkten die eintretenden Gäste nicht sogleich, dann aber begrüßten sie dieselben sehr herzlich.

„Ich wusste nicht, dass meine Frau hier Verwandte hat“, sagte Mras, „aber ich freue mich darüber, wenigstens wird sie nicht so allein sein.“

„Verwandt bin ich nur mit Onkel

Michael, aber wenn ihr anderen mich auch aufnehmen wollt, werde ich dankbar sein", sagte Ilenka bescheiden.

„Wir nehmen dich gerne auf, Ilenka, wenn du mich als Onkel und meine Kinder als Vettern und Base ansehen willst", erklärte der Förster. „Mras und ich, wir wollen uns ‚Schwager' nennen, denn als Neffe passt er nicht zu mir." Es dauerte nicht lange, da saß die Familie in traulichem Gespräch beieinander. Die Männer redeten über Politik. Ilenka sprach mit den jungen Leuten über Laubsäge- und andere Handarbeiten. Andreas brachte auf Wunsch seiner Schwester herbei, was er alles geschnitzt hatte. Er erzählte, dass er große Vorliebe für das Baufach habe und dass sein Bruder, der auf der Hochschule studiere, ihm Bücher sende, nach denen er sich für das Examen vorbereite. Er hätte gern auch die Technische Hochschule besucht, um später auch größere Bauten zu übernehmen. Er brachte seine Pläne und Entwürfe herbei, nach denen bereits gebaut worden war. Es freute ihn, dass er eine so aufmerksame Zuhörerin gefunden hatte.

Marischka hingegen musste ihre schönen Stickereien herzeigen. Sie war wirklich eine Künstlerin mit der Nadel. Niemand hatte sie im Sticken unterwiesen; es war eine Gabe Gottes, die ihr zuteil geworden. Andreas zeichnete Muster für sie. Bruder und Schwester hatten einander sehr lieb. Kein Wunder, wer hätte Marischka Usowitsch nicht lieb gehabt? Nur schien es Ilenka, als verrieten diese schönen, schwarzen Augen einen heimlichen Herzenskummer, sie blickte traurig, selbst wenn der Mund lächelte.

Es gefiel dem Ehepaar sehr gut im Forsthaus. Sie verweilten bis gegen zehn Uhr und dann gaben ihnen alle noch das Geleit. Aber das, was Ilenka am meisten beschäftigte, war an diesem Abend nicht berührt worden. Als sie an der Seite des Oheims dahinschritt, während Martin mit Andreas vorausgegangen war, sagte sie:

„Onkel, nun habt ihr es mir nicht erzählt."

„Es ging leider nicht, mein Kind. Jan ist zwar im Übrigen ein guter Mensch, aber von diesen Dingen darf ich in seiner Gegenwart nicht sprechen – und doch täte ich es so gern, schon seiner Kinder wegen. Sie sind alle sehr ordentlich und denken, das sei genug, aber es ist eben nicht genug. Auch ich war ja ordentlich, niemand konnte mir etwas Schlimmes nachsagen, denn unsere Eltern hatten uns gut erzogen. Aber vor Gott ist das nicht genug. Ich sah bei euch das Buch ‚Die Pilgerreise'. Liest du es, meine Tochter?"

„Ich habe es noch nicht gelesen, ich möchte, dass Martin es uns an den Winterabenden vorliest."

„Dann will auch ich gerne zu euch zu Besuch kommen. Dann werden wir uns mehr darüber sagen. Vorläufig freue ich mich, dass ihr beide zu uns gekommen seid. Martin tut es gut, wenn er unter Menschen geht."

Sie hatten die beiden eingeholt und somit war das Gespräch zu Ende. Dennoch dachte Ilenka vor dem Einschlafen noch lange über die seltsamen Worte des alten Oheims nach. Wie hatte er doch gesagt: Vor Gott sei das nicht genug, wenn ein Mensch rechtschaffen und ordentlich sei? Ja, was verlangte Gott denn sonst von den Menschen?! –

Wohin enteilt nur die Zeit? Wohin entfliehen die Tage und Wochen? Bevor man sich's versieht, ist wieder ein Jahr dahin. So mochte wohl auch so mancher im Tal von Z. fragen.

War es doch, als wäre Ilenka Mras gestern erst nach Zaluschanie gekommen, und doch war es schon drei Monate her, dass sie in dem stillen Dörfchen lebte. Ja, manchem wollte es scheinen, als wäre sie immer hier gewesen, so wie die liebe Sonne, die Tag für Tag in die kleinen Fenster leuchtete.

Die junge Frau hatte es verstanden, die ganze Familie ihres Mannes durch Liebe zu gewinnen. Niemand wich Martins Haus mehr aus, denn Ilenka hatte für jeden ein freundliches Wort; sie riet, sie tröstete und half, so gut sie es vermochte.

Die alte Richterin konnte nicht genug rühmen, welch ein treffliches Mittel gegen Gicht sie ihr empfohlen hatte. Der Richter hingegen hatte aus der Stadt ein Schriftstück in deutscher Sprache erhalten und sie hatte es ihm übersetzt und auch die Antwort geschrieben, da sie diese Sprache beherrschte. Bei Zaluschanskys hatte sie die kleine Betka gepflegt, als das Kind sich beim Fallen verletzt hatte. Suska Lubietorska lehrte sie spinnen und auf der Maschine nähen. Sie bewog auch den Richter, seiner Enkelin eine Nähmaschine zu kaufen. Auch ihren Schwägerinnen war sie stets gefällig. Was sie auch von ihr verlangten, sie war stets bereit, ihnen zu helfen, und wusste allerlei Ratschläge für den Haushalt.

Besonders die jungen Leute in der Familie, auch die aus dem Forsthaus, fühlten sich sehr zu ihr hingezogen. Susannka war mehr bei der Tante als daheim, aber weder Mutter noch Großmutter verübelten ihr das.

Auch Marischka aus dem Försterhaus kam häufig, um der Base beim Nähen behilflich zu sein, und diese unterwies sie auch in der Kunst des Webens. Betka und Annitschka nähten jedes farbige Endchen zusammen und Joschko half ihnen dabei, wenn er Lust dazu hatte. Palko half lieber dem Vater und Onkel Usowitsch.

Nach dem Abendbrot war oft die Küche voller Gäste. Jeder hatte irgendeine nützliche Arbeit vor. Nach Weihnachten mussten sie schon in die große Stube gehen, weil die Küche nicht ausreichte. An diesen Abenden lasen sie „Die Pilgerreise". Martin forderte Usowitsch jeden Abend zum Lesen auf und hernach sprachen sie untereinander über das Gehörte. Auch Andreas war regelmäßig dabei. Er und Simon Lubietorsky waren gewöhnlich mit Schnitzarbeiten beschäftigt. Nur Imrich, sein ältester Bruder, war nie dabei, obwohl er an Vormittagen öfter einmal bei Ilenka vorsprach. Er war Schneider und hatte in seinem Handwerk reichlich Arbeit. Aber er war ein einsilbiger, ja, beinahe menschenscheuer Bursche und ging nicht gern unter die Dorfjugend. Dagegen las er gern und hatte einen ganzen Koffer voller Bücher, mit denen er ganze Sonntagnachmittage verbrachte.

„Warum bringt ihr denn Imrich niemals mit?", fragte einmal die Muhme. „Es ist ihm gar nicht gesund, wenn er immerzu an der Maschine oder über den Büchern hockt."

„Er will nicht", entgegnete Suska achselzuckend.

„Wozu soll er auch hier noch finster blicken, er tut ja doch den ganzen Tag nichts anderes“, verklagte Simon den Bruder.

„Das hat er doch früher nicht getan“, verteidigte Mras den Neffen; „wenn er jetzt so ist, hat er sicher seine Gründe dafür.“

„Wisst ihr was, Tante, fragt ihn danach, wenn er zu euch kommt. Euch wird er es am ehesten anvertrauen“, bettelte Suska, die sehr an dem Bruder hing. Es kränkte sie, dass er seit längerer Zeit so verändert war.

Als sie an diesem Abend auseinander gingen, schien es Ilenka, als wollten die wunderschönen, traurigen Augen Marischkas ihr irgendetwas sagen, aber sogleich senkten sie sich unter den bangen Wimpern.

Am nächsten Tag traf Ilenka, als sie eine Henne suchte, im Garten mit Imrich zusammen, denn der Garten seiner Eltern grenzte an den ihrigen. Er grüßte freundlich wie immer, wenn sie einander begegneten. Er war ein hübscher, schlanker Jüngling. Das blasse Gesicht trug den Ausdruck herber Verschlossenheit.

„Wie geht es dir, Imrich?“, fragte die junge Frau freundlich. Ein flüchtiges Rot trat in die Wangen des Jünglings.

„Ach, so so – wie bei der Arbeit“, entgegnete er ausweichend.

„Hast du viel zu nähen?“

„Genug. Und es kommt immer neue Arbeit. Aber wenn ihr etwas braucht, übernehme ich es gerne.“

„Wirklich? Das freut mich sehr. Wenn du Zeit hast, so komm, bitte, zu uns. Ich habe vor einiger Zeit ein hübsches Stück Tuch gekauft und ich möchte gern wissen, ob es für Palko oder für Martin auf einen Anzug reicht.“

„Ich kann gleich mitkommen; Suska räumt soeben noch meine Stube auf, somit verliere ich keine Zeit.“

Etwas später befanden sie sich in der guten Stube und besahen das schöne blaue Tuch. Der junge Schneider lobte die gute Ware, und der Preis schien ihm niedrig. Dann machte er sich ans Ausmessen.

„Einen Anzug für Palko werde ich kaum herausbringen“, sagte er. „Aber das tut nichts. Ich habe ein ähnliches, nur etwas dunkleres Stück daheim, das ich dazunehmen kann.“

„Weißt du was, Imrich? Deine Mutter meinte, dass sie diese Woche deine Stube tünchen wollte, da könntest du inzwischen hier nähen. Wir lassen deine Nähmaschine herüberschaffen, wenn dir die meinige nicht genügt; wenigstens verlierst du keine Zeit!"

Auf dem Gesicht des Jünglings wechselte Röte mit Blässe.

„Du willst wohl nicht gern zu uns kommen?" Die Hand der jungen Frau ruhte auf der Schulter des finster blickenden Jünglings.

„Ich möchte sehr gern kommen, glaubt mir, aber ich kann nicht!"

„Aber warum denn nicht?"

„Ach, bitte, fragt mich nicht!"

„Zürnst du uns etwa?"

„Euch? Warum sollte ich euch zürnen? Ihr seid so gut. Aber ihr habt immer jemanden da, ihr seid niemals allein."

„Aber es kommt doch niemand zu uns, außer der Verwandtschaft, und selbst wenn, dann sind sie doch in der Wohnstube. Du brauchst hier niemanden zu sehen, wenn du nicht willst!"

„Wenn ich nicht will? Ach, ich möchte so gerne, aber ich darf nicht!"

„Imrich, sage mir doch, was dich quält.

Ich bin fremd hier, ich werde niemandem verraten, was du mir anvertraust. Glaube mir, es wird dir leichter werden."

Er ließ die Hände herabsinken. Ein Weilchen blickten seine traurigen Augen in das freundliche Gesicht der jungen Frau, dann seufzte er tief auf: „So will ich es euch sagen, denn ich ertrage es fast nicht länger. Ich weiß, ihr werdet mich nicht verraten."

„Ganz gewiss nicht – und vielleicht kann ich dir sogar helfen."

„Für mich gibt es keine Hilfe, aber wenn ihr mir nur glauben wollt, werde ich mich schon leichter fühlen. Also Marischka Usowitsch und ich, wir haben uns sehr lieb. Ihr Vater hatte sie mir versprochen, wenn ich erst so viel verdiente, dass ich mich selbständig machen und eine Frau ernähren könnte, und jetzt, wo ich so weit bin, will er sie mir nicht geben."

„Er will nicht? Warum denn nicht?"

„Ach, denkt nur: Man hat in den Bergen, nicht weit von unserem Wald, einen toten Hirschen gefunden. Müllers Thomas hat mich verklagt, dass ich ihn geschossen hätte. Zum Unglück war ich nun in jener

Nacht auf der Hasenjagd, die wir gepachtet haben, da die Feldhasen uns viel Schaden tun. Auf sie habe ich geschossen, aber einen herrschaftlichen Hirsch habe ich nicht berührt, noch überhaupt gesehen. Umsonst habe ich vor dem Förster meine Unschuld beteuert. Da ich keinen Zeugen habe, will er mir nicht glauben. Aber solange ich meine Unschuld nicht beweisen kann, darf ich mich seiner Tochter nicht mehr nähern. Das geht nun schon seit dem Frühling so. Ich habe ihm geschrieben, ihn gebeten – aber alles vergeblich; er will mir nicht glauben. Nun, sie kommt zu euch, sie wäre drüben in der Stube – wie sollte ich es da aushalten, ohne sie zu sehen und zu sprechen, denn ich vergehe fast vor Sehnsucht nach ihr."

„Weiß niemand etwas von deinem Kummer?", fragte Ilenka teilnehmend.

„Niemand. Meine Eltern wissen nicht, dass ich mit Marischka verlobt war, sie hätten es nicht gerne gesehen, weil sie keine Bauerntochter ist und weder Acker noch Wiesen besitzt. Deshalb bestand ihr Vater darauf, dass ich sie erst heiraten dürfe, wenn ich imstande sei, sie zu ernähren, damit sie von meinen Leuten nicht scheel angesehen werde. Was hilft es mir jetzt, dass ich mir so viel erspart habe, dass ich mir bereits Fikovs Häuschen kaufen konnte? Onkel Michael versprach, es für uns herzurichten. Aber was soll es mir, wenn ich sie nicht bekomme?"

„Warum solltest du sie nicht bekommen? Glaube mir, Imrich, dein Recht wird noch an den Tag kommen; du darfst nicht gleich alle Hoffnung verlieren."

„Denkt ihr wirklich, Tante?", fragte der Jüngling sichtlich ermutigt. „Wenn ich nur wüsste, ob Marischka mir noch vertraut, ob sie an mich denkt und auf mich warten will?"

„Ich denke, dass sie gerade deshalb immer so traurig ist, weil sie sich um deinetwillen grämt. Wenn ich einmal mit ihr allein bin, will ich sie fragen und es dir dann mitteilen. Ich fordere dich nicht mehr auf, bei uns zu nähen, denn es wird besser sein, wenn ihr erst wieder zusammentrefft, sobald ihr Vater dir glaubt. Aber was hast du in der Sache mit dem Hirsch noch unternommen?"

„Ich? Nichts. Großvater als Richter führte mit dem Förster die Untersuchung. Wir jungen Leute mussten alle unsere Gewehre abgeben, aber da sie alle gleich waren, konnte keinem etwas bewiesen werden."

„Warum hat dich denn Müllers Thomas beim Förster verklagt?"

„Das ahne ich nicht. Ich habe niemals etwas mit ihm gehabt."

Der Eintritt Joschkos, der der Mutter etwas sagen wollte, unterbrach das Gespräch.

Lange suchte Ilenka nach einem Alleinsein mit Marischka, aber vergeblich.

Eines Sonntags machten sie einen großen Spaziergang nach dem Friedhof. Dort gab ein Wort das andere und das junge Mädchen vertraute der Base ihren Herzenskummer an. Sie glaubte Imrich, sie trauerte nicht nur um ihn, sondern auch über das Unrecht, das ihm widerfahren war. Vergeblich hatte sie versucht, den Vater von seiner Unschuld zu überzeugen; er wollte nichts davon hören, weil zu viel gegen ihn sprach. Thomas hatte ausgesagt, dass Imrich von der Wiese aus geschossen habe. Der Hirsch lag gerade im Schussbereich und war der Wiese zugewandt, und offenbar war von dort aus geschossen worden.

„Vater sagt nur, einem Wildschützen gebe er seine Tochter nicht“, weinte das junge Mädchen. „Onkel Mischko sagt ja immer, dass Gott alles sieht, ich möge ihn nur bitten, dass er Imrichs Unschuld ans Licht bringe. Aber ich kann eben nicht so beten wie er. Gott sieht und hört mich wohl nicht, denn er ist so hoch und fern und wir sind so weit weg, so tief unter ihm.“

Ilenka tröstete die kleine Base, so gut sie es vermochte, aber sie kehrte sehr nachdenklich heim. Es war seltsam, aber wahr, dass viele Leute die junge Frau Mras lieb gewonnen hatten. Auf der Straße grüßte sie jedermann, und viel Gutes erzählten die Leute von ihr. In ihrem Haus war sie allen lieb und wert. Nur eine Person gab es, die durchaus nicht mit ihr zufrieden war – das war sie selbst.

Seitdem sie jenes Buch lasen, war es ihr, als würde eine Binde von ihren Augen gerissen. Sooft sie auf den Markt oder sonst unter Menschen ging, sooft sie ihre oft unreinen, hässlichen Worte, das Fluchen und

Schwören, das Lügen und Trügen anhören musste, immer musste sie an den „Markt Eitelkeit in der Stadt Verderben“ denken, aus der jener Christ floh, um sich nicht auch in das Treiben der anderen verstricken zu lassen. Wenn alles schlief, las sie noch allein in dem Buch und schlug die angeführten Bibelstellen nach, die jene Geschichte erläuterten. – Sie verstand zwar wenig davon, dennoch fühlte sie, dass auch sie in der Stadt Verderben lebte und dass sie darin umkommen müsse wie Lots Weib, wenn sie nicht entfliehen würde. Ihr schien es nicht, dass Gott hoch und ferne sei; ja, sie entsetzte sich mitunter davor, dass er so nahe war. Michael Usowitsch hatte gesagt, wenn der Herr Jesus Christus sie so sehr geliebt habe, dass er für sie ans Kreuz gegangen sei, dann möge sie doch wenigstens sein Wort lesen.

Nun, so las und las sie mit immer größerem Verlangen; aber es waren doch auch sehr schwere Dinge darin. Der Herr Jesus verlangte, dass ein Mensch auch seine Feinde liebe – da müsste sie also auch ihre Stiefmutter lieben und für sie beten, und das konnte sie um keinen Preis! Sie wünschte keinem Menschen auf der Welt etwas Böses, aber als sie kürzlich einmal hörte, dass die Kinder ihrer Stiefmutter dieser viel Not und Herzeleid bereiteten, da gönnte sie es ihr von Herzen, denn das war nur gerecht. Mochten sie ihr nur all das Böse vergelten, was sie ihr und ihrem Bruder angetan hatte!

Sie hatte sich vorgenommen, gut zu sein, so dass jeder sie lieben musste, schon deshalb, weil die Stiefmutter so oft zu ihrem Vater gesagt hatte: „Aus deiner Ilenka wird nie im Leben was Rechtes." Gott würde sie ja wohl auch so lieb haben. Warum sollte sie denn gerade ihre Stiefmutter lieben, wenn ja doch kein Mensch seine Feinde zu lieben vermochte? – Wenn sie sich so ein Weilchen im Lobe aller Frauen hier, ja, der ganzen Familie sonnte, so war sie doch nicht mit sich selbst zufrieden. Es ging ihr wie einem Kind, das, aus süßen Träumen geweckt, nicht wieder einschlafen kann, so gern es auch möchte.

So waren jene drei Monate wie im Fluge dahingegangen, ehe die Leute sich's versahen. Als wollte der Winter den Frühling schnell herbeirufen, so begann mit einem Male die Sonne so warm zu scheinen, dass die großen Eis- und Schneemengen auf den Bergen in rasche Bewegung gerieten. Die Bäche, die jüngst noch zugefroren waren, füllten sich mit Wasser. Die Müller hatten alle Hände voll zu tun. Auch die Bauern schärften ihre Geräte und rüsteten sich für die Frühjahrsarbeiten; auf den Viehmärkten tauschten sie Vieh ein.

In diesem Jahr war die so genannte Faschingszeit nur sehr kurz; da musste schnell geheiratet werden, und das war, wie man sagt, gut für die Hässlichen, weil der Bräutigam wenig Zeit hatte, eine Hübschere zu suchen. Alle Tage hörte man die dörfliche Hochzeitsmusik, dazu das Lärmen der halb betrunkenen Dorfjugend. Die Kinder kamen meist ganz schmutzig heim, weil sie die Kuchen und Krapfen aufgelesen hatten, die ihnen von den Wagen aus zugeworfen wurden, oft aus den Pfützen, und sie sich mit ihren Kameraden um diese Schätze balgten. Mrasens Kinder waren selbstverständlich auch darunter, denn an ihrem Haus mussten die Hochzeitszüge auf dem Weg zur Kirche vorbei, sie konnten alles aus nächster Nähe sehen und hören.

Auf zwei Hochzeitsfesten waren sie auch eingeladen gewesen. Aber Ilenka musste bei diesem lauten, hässlichen und sündigen Treiben, das neben den kirchlichen Zeremonien einherging, immer an Bunyans Christ denken, wie er mit jener großen Last auf dem Rücken aus der Stadt Eitelkeit floh, und dabei war es ihr, als ob die Last, die sie selbst zu tragen hatte, mit jedem Tag schwerer und drückender würde.

Es war wieder Sonntag. Mras saß mit seiner Frau in der guten Stube. „Ich habe dich hergerufen, weil ich gerne etwas mit dir besprechen möchte", sagte er.

Sie setzte sich ans Fenster, er blieb vor ihr stehen. In seinem blauen Sonntagsanzug mit dem schneeweißen Hemd war er noch ein hübscher Mann. Auf seiner geraden Stirn sah man keine düsteren Wolken mehr, auch die schwarzen Augen blickten ruhig und friedlich. Es war, als wäre er jünger geworden, denn sein Gesicht war nicht mehr eingefallen und die

Backenknochen traten nicht mehr so scharf hervor. Mit Wohlgefallen beobachtete Ilenka diese Veränderung.

„Was wünschest du, Martin?“, fragte sie freundlich.

„Onkel Michael hat mir ein Anerbieten gemacht. Er hat, wie du weißt, in A. mit am Stadthaus zu bauen. Er will mich wie auch den Andreas als Bauhelfer einschreiben lassen. Wir haben das schon früher besprochen; aber wenn wir dieses Jahr so zeitig Frühling bekommen, so weiß ich nicht, ob ich es wegen der Feldarbeit werde unternehmen können. Das wollte ich eben mit dir beraten.“

„O Martin, das soll dir kein Hindernis sein, wir werden mit Gottes Hilfe auch schon ohne dich fertig werden. Wir haben ja nicht viel zu säen, und Palko kann schon allein ackern. Außerdem können wir Schwager Lubietovsky und Adam bitten, dass sie uns helfen, wir helfen ihnen dann auch, wenn sie uns brauchen. Ich weiß, welche Freude dir das Bauen macht; warum solltest du jetzt verzichten?“

„Du hast Recht, ich habe von Kind auf immer zu dieser Arbeit Lust gehabt, aber ich weiß nicht, ob es recht ist, euch wochenlang so mit aller Arbeit allein zu lassen. Ich fürchte, es könnte dir zu viel werden."

„Nein, Martin, fürchte dich nicht. Gott wird uns helfen, mach dich nur ruhig auf den Weg. Es ist wahr, dass du uns sehr fehlen wirst, aber A. ist ja nicht so weit, richte es so ein, dass du die Sonntage daheim sein kannst. Da kannst du dich mit neuer Wäsche versorgen, ausruhen und uns raten, was in der neuen Woche zu tun ist."

„Siehst du, Ilenka, du bist solch ein guter, treuer Kamerad", lächelte der Bauer mit einem ungewohnten, glücklichen Lächeln; dabei nahm er die Hand der jungen Frau in seine schwieligen Hände. Sie waren nicht mehr so hart und steif wie vorher, wo sie von Kind auf nur die gröbsten Arbeiten verrichten mussten. Jetzt griffen sie oft für Stunden nach einem Buch oder auch zu Kreide und Bleistift. Welch ein Unterschied war es doch zwischen einst und jetzt!

„Wann wollt ihr gehen?", fragte die junge Frau.

„Das weiß ich noch nicht", entgegnete er.

„Wie werdet ihr euch dort verpflegen?", gab sie zurück.

„Wir wollen uns etwas von daheim mitnehmen. Thomas nimmt seine Frau mit, sie wird für uns kochen. Auch eine Wohnung haben wir schon. Freilich, so wie zu Hause wird es nicht sein." Der Bauer schaute sich in dem freundlichen Zimmer um.

„Weißt du was, Martin?", fragte Ilenka, sich erhebend, „meine Tante wohnt nur eine halbe Stunde von A., du könntest bei ihr wohnen. Sie hat Platz genug, wie du ja gesehen hast, und sie würde Onkel Michael, Andreas und dich sicher gern bei sich aufnehmen. Ihr könnt in der großen Stube wohnen, die leer steht. Sie könnte auch für euch kochen, und etwas Fleisch könntet ihr euch von daheim mitnehmen, ebenso Brot und Gebäck."

„Das ist wirklich ein guter Gedanke", sagte der Bauer anerkennend. „Den Weg von einer halben Stunde können wir leicht zurücklegen. Wenn uns deine Tante aufnimmt, erweist sie uns einen großen Gefallen. Aber ob wir am Sonntag werden heimkommen können, scheint mir doch fraglich. Am Sonnabend wird länger gearbeitet, wir würden kaum vor Mitternacht hier eintreffen, denn die Bahnverbindung ist schlecht."

„Könnten unsere Pferde euch nicht abholen?"

„Wo denkst du hin? Die Pferde sind zu müde, um nach der vielen Arbeit am Sonnabend noch zweimal den Weg nach A. zu machen." Als echter Bauer schonte Mras seine Pferde mehr als sich selbst. „Da mache ich dir einen anderen Vorschlag, Ilenka: Wenn es die Zeit und die Arbeit erlaubt, dann nimm die beiden Mädchen oder die Knaben, wer eben am bravsten war, und komm mit ihnen am Sonntag zu uns. Palko soll nur die Hufeisen der Pferde nachsehen und tüchtig Futter mitnehmen. Deine Tante wird sich sicher sehr freuen. Wenn es aber regnen sollte, so dass wir nicht am Bau arbeiten könnten, komme ich heim."

Diese Pläne wurden nicht nur besprochen, sondern auch ausgeführt – und eine Woche später ging Mras mit seinen Freunden nach A. Nun war er bereits die dritte Woche von seiner Familie fort. Sie wurden von Ilenkas Tante aufs Beste versorgt. Diese war eine gutmütige, schon bejahrte Frau und freute sich, dass sie so wenig Mühe mit ihren Mietern hatte. Sie hatten sich ihr Bettzeug und Decken mitgebracht und waren mit allem zufrieden.

Den ersten Sonntag hatten sie in aller Stille zugebracht. Sie lasen in der Bibel, und Onkel Michael, dem hier niemand etwas in den Weg legte, erklärte ihnen das sonntägliche Evangelium und die Epistel, so gut er es verstand. Auch die alte Tante hörte ihm gerne mit offenem Herzen zu.

Dann war Palko gekommen und hatte ihnen Esswaren und frische Wäsche mitgebracht. Er erzählte, was sie daheim die Woche über gearbeitet hatten und dass Adam Zaluschansky ihm beim Ackern helfen wollte, sobald das Wetter es erlauben würde.

Es war gegen zehn Uhr vormittags am folgenden Sonntag, als ein Wagen vor dem Haus der Tante hielt. Alle drei Maurer eilten hinaus, und dem Wagen entstiegen Ilenka, Marischka sowie die beiden Knaben, welche die mitgebrachten Körbe abluden. Mras freute sich so sehr über die

Ankunft seiner Frau, dass es ihm selbst verwunderlich war. Hätte er sich nicht gescheut, er hätte sie am liebsten umarmt, so wie Andreas seine Schwester umarmte. Die lieben Gäste mussten ein Frühstück annehmen, nachdem sie sich gewaschen und vom Staub gereinigt hatten.

„Wir hörten, dass ihr letzten Sonntag einen Gottesdienst gehalten habt wie in der Kirche“, sagte Ilenka, „deshalb haben wir auch unsere Gesangbücher mitgebracht, damit wir auch singen können.“

„Ja, meine Tochter, das war schön“, bestätigte die Tante. „Ich alte Frau kann nicht mehr stundenlang ins Gotteshaus gehen. Wie freue ich mich, dass ich jetzt daheim Gottes Wort hören kann. Der Mensch lebt sonst dahin wie das liebe Vieh, denn auch zum Lesen sehe ich nicht mehr genug. Seit du fort bist, waren die Sonntage gar bang und traurig für mich.“

Nun, der heutige Sonntag war nicht traurig. Sie sangen und beteten, dann las Onkel Michael das Evangelium von dem Jüngling zu Nain und erzählte dabei, wie auch er solch ein toter Jüngling gewesen, bevor ihn der Heiland auferweckt hatte. Das

Antlitz des Mannes leuchtete dabei voll heiliger Freude. Er war glücklich, dass er so vielen von der großen Liebe des Sohnes Gottes erzählen durfte, den er, der schwache, sündige Mensch, wieder lieben durfte. Es freute ihn sehr, dass alle so aufmerksam zuhörten. Besonders Ilenkas Augen waren die ganze Zeit voller Spannung auf ihn gerichtet.

Auch während des Mittagessens wurden ernste Gespräche geführt. Dann erst erkundigten sich Mras und Onkel Michael nach ihren Hausgenossen. Um vier Uhr mussten die lieben Gäste schon wieder den Wagen besteigen, aber die drei Männer begleiteten sie noch ein Stück Weges.

„Mein Kind, das war ein schöner Sonntag", sagte die Tante, als Ilenka sich verabschiedete. Die anderen sprachen es nicht aus, aber sie dachten wohl dasselbe.

„Nächsten Sonntag komme ich heim, so Gott will", versprach Mras. Es war schon Abend, ein schöner, lichter Mondabend, als sie sich dem Heimatdorf näherten. Marischka hatte die Augen geschlossen, Palko den Kopf gesenkt, nur Ilenka blickte traumverloren mit offenen Augen vor sich hin.

„Mutter“, meldete sich plötzlich Palko.

„Was willst du, Paluschko?“

„Ich habe gedacht, wenn doch der Herr Jesus auch uns entgegenkäme und uns das neue Leben schenken wollte, von dem der Onkel geredet hat. Denkt ihr, dass er bei solch einem bösen Knaben stehen bleiben würde?“

„Bist du denn so böse?“, fragte Marischka leise.

„Ach, sehr böse, Marischka. Weißt du, wie der Onkel gesagt hat, die Sünde in uns ist der Tod – wir sind tot für Gott. Selbst wenn wir Gutes tun wollen, so können wir nicht, und das Böse, das wir nicht wollen, müssen wir tun. So auch ich.“

„Du hast ja Recht, Palko, auch mir geht es leider so.“

„Euch, Mütterchen?“ Verwundert blickte sich der Knabe um und sah in das bleiche, traurige Antlitz. „Aber ihr seid doch so gut!“

Ilenka lächelte traurig. „Das scheint dir nur so, Palko, aber ich bin nicht gut. Der Heiland befiehlt auch die Feinde zu lieben und ich kann meine Stiefmutter nicht lieben." Ilenkas Augen füllten sich mit Tränen.

„Höre mal, Ilenka", sagte Marischka und legte den Arm um ihre Base, „jener Jüngling konnte auch nichts mehr, denn er war tot. Aber als der Heiland kam und ihn auferweckte, konnte er nachher alles. Wenn wir doch zu ihm gingen, so wie Onkel Michael uns geraten hat, und ihn bitten würden, dass er zu uns kommen und uns jenes neue Leben geben wollte."

„Du willst auch bitten, Marischka?", rief Palko aus.

„Ja, ich will, Palko. Es schien mir immer, als ob Gott sehr ferne wäre und dort in jener Hütte war er uns so nahe; auch jetzt ist es mir, als wäre er hier bei uns."

„Du hast Recht, er geht wirklich mit uns", sagte Ilenka, sich aufrichtend. „Palko, halte die Pferde an, wir wollen absteigen und ihn bitten, so wie Onkel ihn gebeten hat, wir wollen ihm alles sagen!"

Bei einem Föhrenwäldchen hielt der Wagen; sie gingen auf den feuchten grünen Rasen, dort knieten sie nieder. Niemand hatte sie bei der Hand genommen, niemand führte sie; aber weil Gott sie erweckt und ihnen die Augen geöffnet hatte, darum fanden sie den Weg zu ihm und wurden aufgenommen.

Still, ohne eine weiteres Wort, fuhren sie erst zum Forsthaus, wo sie Marischka absetzten, und dann nach Hause.

„Gute Nacht, Palko", sagte Ilenka und umarmte den Knaben. Er richtete seine schönen dunklen Augen, die denen seines Vaters so ähnlich waren und jetzt vor Freude strahlten, auf ihr glückliches Gesicht und sagte, indem er den Kopf an ihre Brust lehnte: „Mütterchen, er hat die Bahre angehalten, er ist zu uns gekommen."

„Ja, er ist gekommen, Paluschko, und wir wollen nun zusammen aus dieser Welt Eitelkeit fliehen und ihn lieben, nicht wahr?"

„Ja, zusammen. Wenn es nicht Nacht wäre, möchte ich am liebsten singen."

Aber obwohl der Mund nicht singen konnte, sang doch das Herz, selbst als die Natur ihr Recht verlangte und ein gesunder Schlaf die müden Augen schloss.

* * *

In der gleichen Nacht, als die roten Wölkchen schon den nahenden Morgen verkündeten, stand tief drin im Wald Förster Usowitsch. Wieder waren ihm zwei Rehe, eine Geis und ihr Junges, gewildert worden, darum hatte er beschlossen, den Wilddieben aufzulauern. Um diese, falls sie Einheimische waren, irrezuführen, war er bei Tage nach M. gefahren, hatte die Pferde dort gelassen und war auf Schleichwegen durchs Gebirge zurückgekehrt. Aber die ganze Nacht wartete er vergeblich im Wald, der still wie in einem Märchen dalag; nur ab und an lief ein Wild an ihm vorbei. Man merkte, dass es nicht gejagt wurde, dass es sicher war. Der Förster stand wie aus Stein gehauen regungslos da; vier mächtige Buchen verdeckten seine stattliche Gestalt. Plötzlich knisterte in der Ferne ein Reisig, und sein geübtes Ohr erkannte, dass es menschliche Schritte waren, die sich näherten. Er legte sich rasch auf den Boden, wo ihn auch das schärfste Auge nicht wahrnehmen konnte. Nach geraumer Zeit kamen die Schritte näher, und die scharfen Augen des Försters erspähten zwei schlanke Gestalten, die auf ihn zukamen. Schon von weitem hörte er gedämpftes Flüstern, nun verstand er die Worte: „Es ist gut, dass der Alte heute fort ist, wenigstens sind wir vor ihm sicher. Wenn die Katze nicht daheim ist, tanzen die Mäuse. Höre, Thomas, die Geschichte mit dem Hirsch hast du im Frühjahr fein eingefädelt."

„Wahrhaftig, Mischko, ich habe mich selbst über den Alten gewundert, dass er mir so schnell geglaubt hat. Der Richter hat sich nicht wenig hinter den Ohren gekratzt, dass er seinen Enkel nicht reinwaschen konnte."

„Aber wie kam es eigentlich, dass der Bock der Wiese zugewandt lag, wenn du ihn doch vom Wald her getroffen hattest? Und er lag gar nicht weit vom Revier?", fragte der andere.

„Ei, wozu habe ich denn meine Hände? Ich habe ihn einfach dahin geschleppt und so gelegt, als ob er von der Wiese aus getroffen wäre, denn ich hörte Imrich dort schießen. Da dachte ich mir: Eine Krähe hackt der anderen kein Auge aus! Wenn der Verdacht auf Imrich fällt, wird sein Großvater ihn schon herausreden. Und so war es auch; ihm hat niemand auch nur ein böses Wort gegeben."

„Nun weißt du, einerlei war ihm das nicht. Er geht seit jener Zeit ganz niedergeschlagen einher und zeigt sich überhaupt nicht unter den jungen Leuten; einem ordentlichen Burschen ist das nicht egal, wenn er seine Unschuld in so einer Sache nicht beweisen kann. Wir beide würden uns freilich nicht so viel daraus machen. Neulich tat er mir beinahe Leid, als ich ihn in der Kirche sah, so blass und eingefallen sah er aus."

„Ach was, dummes Zeug! Willst du etwa hingehen und deine Schuld eingestehen?"

„In diesem Falle müsstest du das tun, mein Lieber. Jenen Hirsch habe nicht ich erschossen, sondern du."

„Jenen nicht, dafür einen anderen. Das Reh neulich hat auch wohl geschmeckt." Die letzten Worte verloren sich in der Ferne; die schlanken, jugendlichen Gestalten waren vorüber; jeder hatte ein Gewehr über der Schulter hängen und aus den Rucksäcken guckten die Läufe und Ohren eines Hasen hervor.

Noch ein Weilchen lag der Förster unbeweglich da. Dann richtete er sich auf, stützte seine mächtige Gestalt an die alte Buche und senkte den Kopf. Usowitsch war ein strenger, redlicher Mann, der nie einem anderen etwas zuleide getan – und mit einemmal drückte ihn das Bewusstsein zu Boden, dass er einem unschuldigen Menschen schweres Unrecht zugefügt hatte. Böse Menschen hatten diesem seinen guten Namen geraubt. Das ließ sich wieder gutmachen, aber wer würde Imrich Lubietovsky jene Monate voll bitteren Herzeleides ersetzen? Usowitsch hatte gesehen, wie sich der junge Mann gequält hatte, und nicht nur er hatte gelitten, nein, auch sein eigenes Kind. Dieses Bewusstsein demütigte den stolzen, selbstgerechten Mann auf das Tiefste, dass er sich einerseits von frechen Wilddieben hatte belügen lassen, andererseits einen guten, unschuldigen Menschen ungerecht beschuldigt hatte. Hätte er ihm geglaubt, so wie Marischka ihm glaubte, dann wäre das nicht geschehen. In einem anderen Fall hätte er gejubelt, dass er endlich die Wilddiebe erwischt hatte, die seine Herrschaft bestahlen, er wäre sofort zu den Gendarmen geeilt – heute quälte ihn seine eigene Schuld. Es ging ihm darum, dass Imrichs Unschuld möglichst bald an den Tag käme, aber wie sollte er vor ihn hintreten und den Vorwurf ertragen: „Du hast mir meinen guten Namen geraubt, du hast meine Ehre nicht verteidigt!"

Langsamen Schrittes kehrte der Förster heim. Er war froh, dass seine Tochter, vom Wege ermüdet, so fest schlief. Ein Weilchen betrachtete er sein Kind, das die Trennung von seinem Liebsten so gehorsam auf sich genommen und niemandem sein Leid klagte, obwohl er Marischka bei Nacht oft weinen hörte. Aber jetzt weinte sie nicht. Sie hatte wohl einen schönen Traum; ihre Hände waren zum Gebet gefaltet, sie musste wohl darüber eingeschlafen sein. Der Förster ging auch zur Ruhe, aber trotz seiner Ermüdung waren es böse Träume, die ihn verfolgten. Thomas Kulich jagte in den Bergen, er selbst zeigte ihm einen schönen Rehbock und sagte: „Schieß diesen!“ Aber als Thomas geschossen hatte, war es kein Rehbock, sondern Imrich Lubietovsky. Er blickte ihn mit den Augen eines sterbenden Rehes an und sagte: „Was habe ich dir getan, dass du mich töten ließest?“

In dieser Woche hatten die Leute im Dorf viel zu erzählen. Am Mittwoch noch kamen die Gendarmen, gingen von Haus zu Haus, und in der Untermühle, wo sie ihren Rundgang begannen, fanden sie im Schuppen versteckt ein Hirschgeweih und ein schönes Rehfell. Auch beim Wagnermeister Banek fand man eine Rehhaut, vier große Hasen und mehrere Wildtauben.

Die Leute wunderten sich sehr darüber, denn obgleich Thomas Kulich und Mischko Banek nicht gerade die solidesten Burschen waren, so etwas hätte ihnen niemand zugetraut. Als die Gendarmen sie festnahmen, kam es an den Tag, dass der Förster sie im Wald belauscht und darum ihre Festnahme verlangt hatte.

Es war Sonnabendnachmittag. Auf der Straße, die durch den Föhrenwald führte, schritt Ilenka Mras dahin. Sie ging ihrem Mann entgegen, der versprochen hatte, heute zu kommen. Sie schritt so leichtfüßig dahin, wie nur die schöne, frohe Jugend dahinschreiten kann. Aber wer in ihr gutes, freundliches Gesicht blickte, hätte unwillkürlich fragen müssen: „Warum bist du so nachdenklich?“

Ilenka dachte daran, wie sie diese Woche durchlebt, wie viel Freude sie und Palko empfunden hatten. Immer hatten sie sich etwas aus dem teuren Gotteswort zu erzählen; bald hatte sie, bald er etwas Schönes darin gefunden. Auch die Arbeit war ihnen dabei wie spielend von der Hand gegangen; sie hatten so viel geackert und gesät, dass der Vater sich wundern würde. Sie hatten niemanden von der Verwandtschaft bitten müssen, freiwillig hatten alle ihnen ihre Hilfe angeboten. Auch sie halfen den Verwandten, so gut sie es vermochten. Ja, viel Arbeit war in dieser Woche getan worden. Ilenka wusste, dass ihr Mann sich freuen würde, das machte auch sie fröhlich. Obwohl sie heute schon so viel geschafft hatte, dass sie ordentlich müde war, ging sie doch gerne ihrem Mann entgegen. Auch er hatte ja schwer gearbeitet und musste, anstatt zu ruhen, einen weiten Weg machen.

Ja, sie schritt so leicht durch diese schöne Frühlingswelt, als wären ihr Flügel gewachsen. Der Heiland hatte nicht nur die Bahre angehalten, er hatte nicht nur sein „Ich sage dir, stehe auf!" gesprochen – o nein! Er war auch bei ihr geblieben, so dass sie seine beseligende Nähe auf Schritt und Tritt fühlte. Wenn Onkel Michael sie heute fragen würde, ob sie den Herrn Jesus liebte, sie würde es ihm mit Freuden bestätigen. Er hatte Recht, als er ihr damals gesagt hatte: „Du wirst ihn sehr lieben müssen." Aber wunderbar! Sie hatte doch schon zuvor alle Menschen geliebt, und es gab nur wenige Leute, die sie nicht leiden konnte. Aber jetzt liebte sie alle, alles! Den schönen, vom Abendrot übergossenen Himmel, den schlichten, grünen Hang, die ersten schüchternen Blümlein dort am Bach, das brausende Wasser, das zu ihren Füßen dahinfloss – alles, kurz alles! Die ganze Familie ihres Mannes war ihr so lieb, jeder Nachbar, jeder Mensch, der ihr begegnete. Ja, wäre ihr plötzlich ihre Stiefmutter hier auf dem Wege entgegengekommen, sie wäre ihr wohl um den Hals gefallen. Wohin war nur ihre Bitterkeit, aller Zorn entschwunden? Diese Dinge hatten in ihrem Herzen keinen Raum mehr.

Bevor sie in den Wald gekommen war, als sie noch die Wiesen durchwanderte, war ihr Imrich Lubietovsky begegnet. Er kam gerade aus M. vom Gericht. Dort hatten sie ihm den größten Schatz auf Erden – Ehre und guten Namen – wiedergegeben. Der Jüngling war wie umgewandelt. Seine Augen leuchteten, ein Lächeln spielte um seine Lippen. „Denkt nur, Tante, er hat mich dort vor allen um Verzeihung gebeten, weil er mir Unrecht getan hat. Jetzt habe ich nur noch die Sorge, dass Großvater ihm zürnt, weil er unseren guten Namen so geschmäht hat."

„Fürchte dich bitte nicht, Imrich! Der Herr hat Marischka erhört, als sie ihn bat, deine Unschuld ans Licht zu bringen, er wird euch auch weiterhin helfen, wir wollen ihn darum bitten." Mit diesen Worten hatten sie sich getrennt und Ilenka fiel es so leicht, zu glauben, dass ihr Herr und Gott alles wohl machen und Imrich und Marischka helfen würde.

In solchen Gedanken versunken, schritt sie fröhlich vorwärts, bis sie an ein unerwartetes Hindernis kam; der Weg teilte sich hier in drei Wege; welcher davon war nun der rechte? Wie, wenn sie sich verirrte und Martin verfehlte? Lieber wollte sie sich hier am Wege auf einen gefällten Baumstamm setzen und Martin erwarten. Sie breitete ihr Tuch aus, um ihren Rock nicht zu beschmutzen, legte das Bündelchen ab, das sie trug, stützte den Kopf in die Hand und wartete geduldig.

Indessen schritt Martin Mras rüstig durch die Berge; er war schon müde und hungrig. Der Gedanke, dass er bald daheim sein würde, gab ihm neue Kraft. „Warum eile ich nur so?“, dachte er. „Es ist wahr, dass mich daheim etwas anderes erwartet als früher. Dennoch – so habe ich mich einst vor Jahren beeilt, wenn ich zu Annitschka ging. Was ist das mit mir? Ich bin zu alt für solche Dinge. Hab’ ich ihr nicht am ersten Abend selbst gesagt, dass ich kein Weib brauchte? Und habe ich ihr nicht versprochen, sie zu halten, als ob sie meine älteste Tochter wäre? Sie pflegt mich auch wirklich wie eine gute Tochter.“

Der Bauer runzelte die Stirn, mäßigte den Schritt, dabei blickte er umher – und vergaß, dass er für solche Dinge viel zu alt sei –, sein Herz erwärmte sich in großer, jäher Freude.

Dort auf dem gefällten Baumstamm saß eine – jetzt richtete sie sich auf – es war ihre hübsche, schlanke Gestalt.

„Martin, du kommst schon?“, rief sie freudig überrascht. Mras beschleunigte den Schritt, und in der Freude, dass sie ihm entgegengekommen war, umarmte er seine junge Frau und drückte sie innig ans Herz. Sie hatte das nicht erwartet, aber sie entzog sich ihm nicht. Ihr Herz war ja voll Liebe; es tat ihr wohl, dass sie sie dem erweisen durfte, der ihr der Nächste war, ihrem Mann. Auch sie schlang den Arm um seinen Nacken und lehnte ihren Kopf an seine Brust.

„Willkommen, Martin!“

Er konnte sich nicht versagen, diese Lippen zu küssen, die ihn so freundlich willkommen hießen. So standen sie ein Weilchen inmitten des weiten Waldes, den der Frühling aus dem Todesschlaf erweckt hatte, von der zauberhaften Stille des leise heranbrechenden Abends umgeben. Es war ein kurzer Augenblick, aber Martin Mras sollte ihn nie vergessen.

„Nein, dass du mir wirklich entgegengekommen bist, Ilenka“, sagte er überrascht.

„Ja, freilich nicht sehr weit, weil ich den Weg nicht wusste; ich fürchtete, dich zu verfehlen, darum habe ich lieber hier gewartet. Und nun kommst du schon. Setzen wir uns noch für ein Weilchen, du bist sicher müde und hungrig.“ Er gehorchte gern und gab zu, dass er beides war.

„Wie gut, dass ich dir etwas mitgebracht habe“, rief Ilenka erfreut. Sie band ihr Bündelchen auf, und als er saß, reichte sie ihm zwei Butterbrote. Er griff dankbar danach, aber noch bevor er zu essen begann, zog er einen großen Mohnkuchen aus seinem Rucksack. „Den schickt euch die Tante; sie hat auch mir zwei Kuchen auf den Weg mitgegeben, aber den einen habe ich verloren, als ich ein Stück weit mit dem Kohlenwagen fuhr.“

„Warum hast du diesen nicht gegessen, Martin, wenn du hungrig warst?“, tadelte sie ihn freundlich.

„Aber ich war doch froh, dass ich euch etwas mitbringen konnte. Da, schneide dir ab!“ Sie gehorchte, nahm das dargereichte Taschenmesser und schnitt sich ein Stückchen ab. Dann hüllte sie den übrigen Kuchen sorgsam in ihr Tüchlein und setzte sich auf einen Baumstumpf neben ihn. Als sie sah, wie er sich die mitgebrachten Brote schmecken ließ, biss auch sie herzhaft in den Kuchen. Er blickte sie voll Freude an. Und da fiel ihm mit einem Male das Bibelwort ein, das sie gestern gelesen hatten: „Haus und Güter vererben die Eltern, aber ein verständiges Weib kommt von dem Herrn.“ Wie wahr war das doch! Nur Gott selbst hatte ihm, den doch niemand liebte, solch eine Frau zuführen können.

„Wie ist es euch die ganze Woche ergangen?“, fragte er, als sie schon durch die Abendschatten heimwärts gingen. Freudig überrascht hörte er, was sie in dieser Zeit alles an Arbeit geleistet hatten. Es war jetzt doch ein anderes Leben, da er mit niemandem mehr verfeindet war. Wie gut, dass er den Rat der Muhme befolgt hatte: „Du tust gut daran, allen Zwist zu begraben." Er hatte ihn begraben und zürnte niemandem von den Verwandten mehr. Ja, er war ihnen dankbar, dass sie den Seinen so beistanden. Als Ilenka sie jetzt so lobte, erschienen sie ihm wie ganz andere Menschen, und er hatte nur den Wunsch, sich ihnen auch erkenntlich zu zeigen.

„Aber Martin, uns beiden, Palko und mir, ist es in dieser Woche noch besonders gut ergangen", begann die junge Frau, als sie schon durch die Wiesen schritten. Als er sie fragend anblickte, richtete sie ihre schönen dunkelblauen Augen so leuchtend auf ihn, dass er ganz überrascht war.

„Erinnerst du dich daran, was uns Onkel Michael von dem Jüngling zu Nain erzählte und von dem neuen Leben, das ihm der Heiland geschenkt hat?"

„Freilich", bezeugte er, „es schien mir ja, als wäre ich jener tote Jüngling."

„Auch uns beiden erging es so, Martin. Aber wir gehorchten dem Onkel und gingen zum Heiland. Wir baten ihn, und er hat uns auferweckt und uns das neue Leben geschenkt. Nun sind wir beide so glücklich, und darum ist uns auch die Arbeit so gut gelungen."

Wortlos hörte Martin seiner Frau zu, als sie ihm nun beschrieb, wie sie sich schon wochenlang so unglücklich gefühlt hatte, als sie erkennen musste, wie böse und unversöhnlich sie war und sich doch selbst nicht helfen konnte. Sie erwähnte auch, wie sehr es sie gequält hatte, dass sie es den Kindern nicht geben, noch sie lehren konnte, immer brav und gut zu sein. Jetzt erst könne sie sie verstehen. „Das Böse lässt sich nicht entfernen, denn die Sünde ist der Tod, und ein toter Mensch kann weder sich noch anderen helfen. Wenn aber der Herr Jesus kommt, wenn er Auferstehung und neues Leben schenkt, dann kommt auch das Gute ganz von selbst."

In tiefes Sinnen verloren, bemerkte Mras nicht, dass er schon neben der Scheune einherging. Erst der Jubelruf der Kinder: „Der Vater kommt!", rief ihn in die Gegenwart zurück. Er hatte an jenem Sonntag Usowitsch nicht ganz verstanden; Ilenka konnte er verstehen. Er sah, dass sie etwas Neues, Gutes hatte, etwas, was er nicht besaß. Auch jetzt, als er seine Kinder begrüßte, musste er daran denken, dass sein ganzes vergangenes Leben so furchtbar gewesen, weil es tot gewesen war. Darum konnte er sich also gar nicht bessern, obwohl er in letzter Zeit ernstlich danach strebte und obwohl er auch in früheren Jahren, sooft er zum Abendmahl ging, stets aufrichtig Besserung gelobt hatte. Die Sünde, der Tod war in ihm, und nur Jesus Christus konnte ihn lebendig machen, so wie er dort den Sohn jener Witwe auferweckt hatte.

In Mrasens Haus herrschte große Freude; die Kinder freuten sich über den Kuchen, den Mutters Tante ihnen mitgeschickt hatte. Aber die größte Freude war doch die, dass der Vater ihn mitgebracht hatte. Die Muhme rief alle zum Abendbrot.

„Nach dem Essen wollen wir dir zeigen, was wir angeschafft haben“, erzählte Ilenka fröhlich. „Du wirst am Ende sagen, dass wir Bauern so etwas nicht bedürfen. Aber ich denke, dass wir auf etwas Gutes dasselbe Recht haben wie die Städter.“

„Da bin ich freilich neugierig“, lachte der Bauer, „willst du es mir nicht gleich sagen, worin wir den Städtern gleichen sollen?“

„In der Reinlichkeit, Martin; sie ist das halbe Leben. Wie du weißt, ist der Kaufmann Weiß von hier fortgezogen. Ich war dort, als er seinen Hausrat versteigerte, und habe eine schöne, noch fast gar nicht gebrauchte Badewanne gekauft. Er hatte sie für seine kranke Mutter angeschafft, aber sie ist wenige Wochen später gestorben. Sie haben sie wohl kaum benützt. Der Herr Doktor pflegte zu sagen, dass es für einen müden Menschen keine bessere Arznei gebe als ein gutes Bad. Nun, Annitschka hat dir solch ein Sommerbad mit Lavendel und Heublumen bereitet. Du wirst uns gar dankbar sein, wenn du gebadet hast."

Mras dachte allerdings, dass so etwas für einen Bauern ziemlich überflüssig sei; der schlief auch ohne Bad gut aus. Aber um keinen Preis hätte er Frau und Kinder die Freude verdorben. Eine Badewanne war sicher eine gute Sache. Als sein Vater krank gelegen, hatte der Doktor Bäder verordnet; aber weil man keine Wanne gehabt, war es unterblieben, obwohl es dem Kranken sicherlich gut getan hätte.

Obwohl es ihm lächerlich und unangenehm zugleich war, ging er nach dem Abendbrot in die Sommerküche, wo das Bad bereitet war, nur um Ilenka und die Kinder nicht zu betrüben. Es wurde ihm nicht leicht, ins Wasser zu steigen, aber noch schwerer, dasselbe zu verlassen. War es ihm doch, als wäre dort alle Last von ihm abgefallen. Ilenka hatte wahrlich recht, wenn sie sagte, dass so etwas Gutes nicht nur für die Städter, sondern auch für die Bauern da sei.

Es gab ja genug Wasser im Dorf. Im Sommer badeten die Kinder im Bach, aber für die Erwachsenen war kein passender Badeplatz vorhanden, so ließen sie es eben anstehen. Als er dann eine halbe Stunde später im Bett lag und Ilenka ihn zudeckte, gestand er ihr, dass er sich so etwas Gutes nicht hätte träumen lassen. Kaum hatte er „Gute Nacht“ gesagt, so war er schon fest eingeschlafen und die Kinder gingen auf den Fußspitzen, um den Vater nicht zu stören. Aber wenn sie auch Lärm gemacht hätten, hätten sie ihn aus seinem tiefen Schlaf nicht aufgeweckt. Am Morgen erfreute er alle, als er erklärte, dass er sich so frisch fühlte wie neugeboren.

„Wartet, Kinder", versprach er ihnen, „wenn Onkel Michael erst zurück ist, wollen wir zusammen etwas ausdenken, was auch zu einem Bad gehört; wenn wir den Städtern gleichen sollen, dann wollen wir es auch so haben wie sie."

Ilenka fragte nichts Näheres und den Kindern wollte er es nicht mitteilen; aber der Muhme erklärte er, er wolle dafür sorgen, dass man das Wasser vom Bach in die Wanne einlassen und wieder auslassen könne. Die gute Alte konnte sich zwar nicht vorstellen, wie so etwas möglich sei, aber sie traute es den beiden zu, dass sie es schon irgendwie schaffen würden. Sie gönnte Ilenka jede Erleichterung, weil diese so treu für Mann und Kinder sorgte.

* * *

„Höre, Imrich, wie lange gedenkst du noch ledig zu bleiben? Alle möglichen grünen Jungen haben sich schon verheiratet, der hinkende Joschko hat gestern Hochzeit gehabt, und du, solch ein schmucker Bursche und fertiger Meister, bist noch immer allein wie ein Mönch."

Mit diesen Worten begrüßte Anna Lubietovska ihren Sohn, als er in seine Stube trat, wo sie schon ein Weilchen auf ihn gewartet hatte.

Sie hatte auf dem Wege von der Kirche die Gevatterin Malka besucht, weil sie erfahren hatte, dass diese krank sei. Dort hatten ihr ein paar Frauen gehörig zugesetzt, warum sie ihre Söhne noch nicht verheiratet habe. Sie waren doch beide so tüchtige junge Männer, namentlich Imrich! Sie hatten auch gleich guten Rat gewusst, wer wohl am besten zu ihm passen würde. Die eine nannte diese, die andere jene. Zum Schluss einigte man sich darauf, dass wohl Anna Smolnik am besten zu Lubietovskys passen würde. Sie hatte ein schönes Erbteil von ihrer verstorbenen Mutter, auch der Vater würde sie sicher nicht verkürzen, denn sie war seine Einzige. Auch von der Großmutter hatte sie noch einmal etwas zu erwarten. Zudem war sie ein hübsches Mädchen, das in die Welt passte, zwar ein wenig putzsüchtig, dabei aber arbeitsam; und Imrich brauchte eine Frau, die ihn ein wenig aufheiterte.

Die Sache gefiel Frau Lubietovska. Sie war zwar im Grunde froh, dass ihre Söhne bis heute nichts vom Heiraten verlauten ließen, aber sie, die angesehene Bäuerin, wollte sich doch nicht nachreden lassen, dass ihre Söhne sich nicht verheiraten konnten, obwohl sie hübsch und klug und vermögend waren. Darum kam sie mit der brühwarmen Sache zu Imrich und war begierig, was er wohl sagen würde.

Er errötete bis unter die Haarwurzeln und schien sehr erfreut, aber nur für einen kurzen Augenblick.

„Ich würde gerne heiraten, liebe Mutter", gestand er aufrichtig, „aber nur dann, wenn ich die bekomme, die ich liebe und an die ich Tag und Nacht denken muss. Wenn ich sie nicht haben kann, dann sprecht mir nicht vom Heiraten!"

„Nun sag nur erst, wer es ist", drängte Frau Lubietovska. Wie – er hatte schon eine gefunden und sie wusste nicht darum?!

„Wenn ich je heirate, dann nehme ich nur Marischka Usowitsch; wenn ihr mir die nicht gebt, dann redet mir nicht von einer anderen."

„Marischka Usowitsch?“, fragte die Mutter gedehnt. „Wozu wäre dir die gut? Die hat doch nichts. Das ist keine Schwiegertochter für unser Haus.“

„Ihr wisst doch, dass ich nicht die Absicht habe, bei euch wohnen zu bleiben“, sagte der junge Mann, sich stolz aufrichtend. „In euer Haus passt sie nicht, in das meine wohl.“

„Wovon wollt ihr denn leben? Von der Liebe ist noch keiner satt geworden.“

„Denkt ihr, dass ich unter Gottes Segen nicht uns beide ernähren kann? Zudem verdient sie doch mit Nähen und schönen Stickereien. Was könnt ihr denn gegen sie einwenden?“

„Was ich einwenden könnte? Das Mädchen ist gewiss hübsch und ordentlich. Aber sage mal dem Vater und Großvater, wen du in unsere Familie bringen willst, da wirst du etwas zu hören bekommen. Bist du nicht lange als Wilddieb angesehen worden und alles wegen des alten Usowitsch? Das wird Großvater ihm nie vergeben, dass er uns so beschimpft hat.“

„Hat er es nicht öffentlich zurückgenommen und Abbitte geleistet?“

„Das war nur recht und billig. Aber du, mein Sohn, schlage dir das Mädchen aus dem Kopf, denn wir werden die Tochter Usowitschs niemals als Schwiegertochter aufnehmen."

„Ach Mutter, warum wollt ihr mein Unglück? Ich habe euch nie betrübt, war euch immer gehorsam. Warum habt ihr mir das Leben gegeben – warum habt ihr mich nicht lieber sterben lassen, als ich damals als Kind so krank war, wenn ihr mich jetzt zu Tode quälen wollt? Seit letztem Frühjahr geht das nun. Ich habe weder geschlafen noch gegessen vor Herzeleid, als Usowitsch mir damals sagte, dass ich mit Marischka nicht mehr sprechen dürfe, solange meine Unschuld nicht an den Tag komme. Und nun fangt ihr an! Ihr könnt mir verbieten, dass ich mir Marischka nehme, denn ohne Einwilligung meiner Eltern werde ich nicht heiraten, und Usowitsch würde sie mir gar nicht geben, wenn es ihm zu Ohren käme, dass ihr dagegen seid. Ich werde euch gehorchen und nicht gegen Gottes Gebot sündigen, aber ihr versündigt euch gegen das fünfte Gebot, wenn ihr mich ins Grab bringt. Hättet ihr mich so lieb, wie ihr Susannka liebt, dann würdet ihr mir den Vater geneigt machen – Großvater würde ich mit Gottes Hilfe schon gewinnen, denn er hat mich lieb. Er ist zwar nach außen hart, aber er ist ein guter Mensch, er würde sich meiner Sache annehmen. Aber ihr seid geradeso wie die verstorbene Großmutter und wollt mich genauso fürs Leben unglücklich machen, wie sie es mit Onkel Martin gemacht hat. Aber ich lasse mich nicht unterkriegen. Niemand auf der Welt wird mich zur Heirat zwingen, wenn ich Marischka nicht bekomme."

Der Jüngling ergriff seinen Hut, und ehe sich Frau Lubietovska versah, war er zur Stube hinaus.

Man sagt nicht umsonst: „Stille Wasser sind tief." Imrich war auch solch ein stilles Wasser. Aber was er sich einmal in den Kopf gesetzt, davon ließ er nicht ab, das wusste seine Mutter wohl. Sie hatte gewünscht, dass er das Tischlerhandwerk lerne, aber er hatte die Großeltern so bearbeitet, dass sie ihm erlaubten, die Schneiderei zu lernen. Im Übrigen war er gehorsam und ordentlich, sie hatte keinen Grund, sich zu beklagen. Aber wenn er sich etwas vorgenommen hatte, dann war er weder durch Bitten noch durch Drohungen davon abzubringen. Das war das ungestüme Mras'sche Blut, er war der rechte Enkel seiner Großmutter. Aber es verdross sie doch sehr, dass er ihr diese und außerdem ihre Vorliebe zum Töchterchen vorgeworfen hatte. Aber den Erstbesten zu nehmen, dann irrte er sehr. Der hatte sie noch zu bestehen und ihr würde sie einen Mann nach ihrem Sinn aussuchen. Nur eines vergaß sie dabei, dass Susannka alle im Hause um den kleinen Finger wickelte, von den Großeltern angefangen bis zu ihr. Frau Anna wusste, dass es besser war, die Dinge vorläufig ruhen zu lassen.

Unterdessen war der Jüngling im Obstgarten angelangt. In der Nähe des Zaunes standen zwei Föhren. Unter diesen war eine Bank. Er legte sich darauf, bedeckte das Gesicht mit den Händen und konnte die Tränen nicht zurückhalten. So weint die Jugend, wenn alle Blümlein der Hoffnung erfroren sind.

„Mein Söhnchen, was treibst du da? Warum weinst du?“, erklang es über ihm. Die alte Großmutter beugte ihr erschrockenes Gesicht über den Enkel.

„Lasst mich, Großmutter, ihr könnt mir ja doch nicht helfen; für mich gibt es keine Hilfe. Ich habe niemanden auf der ganzen Welt. Ihr alle wollt mich nur ins Grab bringen.“

„Ei, ei, Söhnchen, was sprichst du da? Was sind das für Reden? Setz dich und sage mir, warum du so klagst! Habe ich dir nicht schon oftmals geholfen?“

„Aber diesmal werdet ihr mir nicht helfen, auch ihr werdet gegen mich sein.“

„Das kannst du nicht wissen, solange du mir die Sache nicht mitgeteilt hast.“ Auf allerlei Weise suchte die Großmutter ihren Lieblingsenkel zu überreden. Endlich richtete er sich auf und vertraute ihr sein Herzeleid an.

Die Sache war nun freilich nicht nach dem Geschmack der Großmutter. Sie konnte den Förster nicht leiden, der den Bauern arg auf die Finger sah und dem Richter schon manche Unannehmlichkeit bereitet hatte. Dieser stand natürlich auf

Seiten der Bauern. Er sagte, wenn das herrschaftliche Wild den Feldern der Bauern Schaden zufügte, dann hätten diese auch das Recht, es mal abzuschießen. Usowitsch hingegen vertrat den Standpunkt, dass das einfach Diebstahl sei. Sein Vorgänger hatte da ein Auge zugedrückt und alles war gut gewesen; die Herrschaft hatte darum noch immer Wild genug, und auch den Bauernfeldern geschah hinreichend Schaden, wenn große Treibjagden abgehalten wurden. Erst seit Usowitsch da war, gab es immer Reibereien zwischen Förster und Bauern.

Wie alle Bauern, war auch die Richterin dem Förster nicht wohlgesinnt, und der Gedanke, sich mit ihm zu verschwägern, war ihr nicht gerade angenehm. Aber die Bitterkeit und Trauer des Enkels anzusehen, das brachte sie nicht übers Herz. Sie hatte ihn mehr aufgezogen als die Mutter. Gar oft hatte sie der Schwiegertochter ins Gewissen geredet, dass diese die Tochter bevorzuge und den Sohn zurücksetze. Nein, sie konnte nicht gegen ihn sein.

„Du darfst nicht so klagen, mein Sohn,

und gleich alle Hoffnung fahren lassen. Niemand wird dich zwingen, dich gegen deinen Willen zu verheiraten. Ihr seid beide noch jung. Warte ein wenig, bis die Sache mit dem Hirsch etwas in Vergessenheit gerät, dann will ich dir auch helfen und alles wird noch gut werden."

„Ach, Großmütterchen ..."

„Aber Söhnchen, du darfst mich nicht erdrücken! Wer soll dir sonst helfen? Wie denkst du dir überhaupt die Sache? Wann wolltest du heiraten?"

„Ich hatte ursprünglich gedacht, schon im Frühjahr zu heiraten, und mir deshalb das Haus umbauen lassen. Hier bin ich allen im Wege. Ich habe keinen Tisch zum Zuschneiden, die Maschine ruiniere ich in meiner Kammer, und wenn ich so lange sitzen muss, schadet das auch meinen Augen. Dort hätte ich eine schöne helle Stube. Onkel Michael hat mir versprochen, alles Nötige herzurichten, sobald er zurückkehrt. Ich wollte die Eltern bitten, mir Susannka zur Hilfe zu geben, damit sie selbstständig wird. Das kann ihr nur nützlich sein, falls sie in ein Haus einheiraten sollte, wo keine Schwiegermutter ist.

Aber nachdem ich Mutter heute so erzürnt habe, wird sie sie mir kaum überlassen. Ich werde daher die Muhme Mras bitten, zu mir zu kommen, sobald Ilenka sie nicht mehr braucht. Sie wird mir sicher alles gut einrichten. Ich wollte erst um Marischka anhalten, sobald ich Usowitsch beweisen kann, dass ich imstande bin, eine Frau zu ernähren. Ich wollte sie nicht in eine leere Kammer führen."

„Können wir sie dir denn wirklich nicht füllen, mein Sohn? Musst du, als der Enkel des Richters Lubietovsky, erst Geld verdienen, damit du etwas im Topf hast?"

„Wisst ihr, Großmutter, Marischkas ganzer Fehler ist nur, dass sie arm ist. Aber ich bin wirklich Lubietovskys Enkel und lasse mir von niemandem vorwerfen, dass andere meine Frau ernähren müssen. Mit Gottes Hilfe will ich sie selbst versorgen." Der Jüngling richtete sich stolz auf. „Vater hat mir kürzlich vorgeworfen, dass ich beim Getreideschober Ähren lese. Das will ich nicht länger tun. Ich weiß, dass ihr mich großgezogen habt. Dafür will ich euch mein Leben lang dankbar sein; aber ich will niemandem länger zur Last fallen."

„Aber du musst doch nicht jedes Wort so genau nehmen! Du fällst niemandem zur Last, du bist doch der unsrige. Was unser ist, ist auch dein. Du hast doch das ganze Haus mit Kleidung versorgt. Schon seit mehr als einem Jahr verdienst du dir dein Brot; es hätte auch fernerhin so bleiben können. Aber wenn du selbstständig sein und im eigenen Haus wohnen willst, wundere ich mich auch nicht. Sage nichts zur Muhme, Susannka wird gern mit dir gehen, und es wird ihr nicht schaden, wenn sie Pflichten übernimmt und etwas lernt. Ich will die Sache mit deiner Mutter besprechen. Auch die Kammer werden wir dir füllen. Du musst ja nicht gleich heiraten. Du kannst dann alles für deine Frau vorbereiten, um es deinen Eltern und ihrem Vater zu beweisen, dass du wohl imstande bist, sie zu ernähren."

„Großmutter, darf ich Marischka sagen, wenn ich mit ihr zusammentreffe, dass ihr wenigstens uns unser Glück gönnt?"

„Das darfst du wohl. Das Mädchen gefällt mir. Ich habe sie zweimal bei Ilenka gesehen. Sie scheint hübsch und verständig, nur ein wenig traurig. Da hat die Arme wohl um dich getrauert. Ihren Vater habe ich nicht gerne. Aber du wirst ja nicht mit ihm leben. Wenn es von mir abhinge, dann dürftet ihr so bald wie möglich heiraten, denn ich möchte dich gerne glücklich und zufrieden sehen."

„Ich danke euch vielmals, Großmütterchen. Wenn ihr mich nur lieb habt und mit mir fühlt!"

Die Großmutter führte den Enkel wieder ins Haus und bis zum Abend hatte sie alles so weit bereit, dass er in sein Häuschen übersiedeln konnte. Susannka sprang vor Freude, dass sie mit dem Bruder gehen durfte. Sie hatte ihn noch von der Zeit her lieb, da er ihren Puppen Kleider genäht hatte. Sie kam sich sehr wichtig vor, weil sie ihm die Wirtschaft führen sollte. Denn wenn sie Mutter oder Großmutter helfen wollte, wurde sie von einer zur anderen geschickt.

„Höre, Imrich, ich will dir alles so hübsch einrichten wie bei Tante Ilenka. Ich werde auch bei ihr kochen lernen. Du sollst nicht länger so aussehen, als bekämst du nur Gras zu essen."

In einem anderen Fall hätte Anna Lubietovska wohl der Schwiegermutter widersprochen, aber sie fühlte sich dem Sohn gegenüber schuldig, darum stimmte sie allem zu. Vielleicht würde Imrich auch, wenn er sich mit Susannka gut einlebte, Marischka Usowitsch vergessen.

Die Geschwister gingen miteinander zu Onkel Mras. Imrich wollte fragen, wann Onkel Michael heimkehrte, damit er mit ihm über die notwendigen Reparaturen am Haus sprechen könne. Ilenka war nicht daheim. Mras freute sich über den Besuch seiner Schwesterkinder. Er sagte, dass seine Frau mit den Kindern bald heimkommen müsse; sie sei mit ihnen ein wenig in die Sonne gegangen.

Imrich trug dem Onkel seine Angelegenheit vor, er wollte sich auch mit ihm beraten.

„Weißt du, Imrich, ich will mir die Sache mal ansehen. Wir haben in A. nicht genug Material. Darum wird uns der Baumeister wohl für eine Woche freigeben. Onkel Michael sehnt sich auch schon nach Hause, vielleicht könnten wir die Sache bald in Ordnung bringen."

Susannka holte den Schlüssel, und bald darauf besahen sie sich das Gebäude.

„Das Haus ist gut“, lobte Mras; „nur ein paar hundert Dachziegel wirst du brauchen. Sand für Mörtel habe ich genug. Der Stall ist nicht gut, aber den brauchst du ja vorläufig nicht. Von dem alten Stadthaus in A. sind Fenster zu verkaufen; sie sind zwar alt, aber noch gut erhalten. Ich könnte sie für dich kaufen, ebenso eine Doppeltür. Wenn man sie streicht, wird sie wie neu aussehen.“

„Onkel, wisst ihr mir keinen Rat, wo ich wenigstens Möbel für eine Stube hernehmen könnte?“, fragte der junge Mann erfreut.

„Willst du Bauernmöbel oder städtische Möbel?“, gab Mras zurück.

„Ich hätte lieber städtische Möbel“, bekannte der Neffe aufrichtig; „denn ich bin ja kein Bauer, werde auch keiner sein, sondern ein Handwerker.“

„Ich könnte dir eine hübsche städtische Einrichtung kaufen. Unser Baumeister wohnt in A. Er hat Frau und Kind verloren, darum will er nicht dort bleiben. Er hat uns kürzlich gefragt, ob wir keinen

Käufer wüssten. Andreas hat sich schon einiges ausgesucht. Es sind schöne Sachen; du kannst sie dir ja mal ansehen."

„Ach, ich danke euch vielmals! Wie viel Ziegel soll ich nun besorgen? Und wie wollt ihr mir die Fenster liefern? Durch die Bahn?"

„Das wären doppelte Kosten. Nimm dir zwei Wagen, Palko kann als Dritter mitfahren, und ihr werdet alles herbringen."

So und ähnlich ratschlagten die Männer miteinander. Als sie wieder zurückkamen, war Ilenka mit den Kindern bereits heimgekehrt und hatte auch Marischka mitgebracht. Sie waren einander auf dem Kirchhof begegnet. Imrich errötete vor Freude, dass er sie nicht nur wiedersehen, sondern ihr auch die Hand reichen und mit ihr sprechen durfte. Es fand sich ein Augenblick des Alleinseins. Ilenka ging in die Küche, um den Kindern das Vesperbrot zu geben, und Susannka lief der Tante nach. Mras ging, um nach den Pferden zu sehen, und so blieben die jungen Leute allein.

„Gelt, du zürnst meinem Vater nicht mehr?", bat das junge Mädchen. „Die Sache drückt ihn sehr."

„Ich zürne ihm nicht, Marischka“, erwiderte er. „Aber meine Angehörigen sind böse und wollen von unserer Verbindung nichts wissen. Das quält mich sehr. Großmutter und Mutter haben ja nichts gegen dich, aber auf deinen Vater sind sie schlecht zu sprechen. Aber Großmutter hat uns geraten, wir sollten warten, bis die Sache ein wenig in Vergessenheit gerät. – Marischka, wirst du auf mich warten?“

„Ja, Imrich, sorge dich deswegen nicht! Ich bleibe dir treu. Einen anderen nehme ich nicht. Wenn wir uns nur wieder sehen und sprechen dürfen, das Wichtigste ist, dass deine Unschuld an den Tag gekommen ist!“

Der Jüngling atmete erleichtert auf. Die goldene Sonne der Hoffnung leuchtete wieder in seinem Herzen.

Und Marischka? Wenn der Herr Jesus ihre Gebete erhört hatte, da sie noch so fern von ihm war, wie viel mehr würde er sie heute erhören, da er auf Schritt und Tritt bei ihr war? Es tat ihr nur Leid, dass sie Imrich nicht von ihrem großen Glück erzählen konnte, aber dazu bot sich heute keine Gelegenheit mehr.

* * *

Obwohl jetzt die Tage länger und die Abende kürzer wurden, eilte die Zeit wie im Flug dahin. Bevor sich die Bewohner von A. versahen, war ihr Stadthaus erbaut. Es musste nur noch tüchtig austrocknen.

Die Maurer gingen an andere Arbeiten. Michael Usowitsch mit seinen Gehilfen kehrte heim. Sie verbrachten noch eine Woche mit dem Bau von Imrichs Haus und richteten es aufs Schönste her. Mras hatte gut geraten. Fenster und Türen passten gut. Andreas Usowitsch hatte die Front des Hauses mit schönen Verzierungen geschmückt. Simon hatte dem Bruder ein hübsches Vorgärtchen angelegt. Susannka und Ilenka pflegten es treulich. Endlich durfte Susannka nach Herzenslust Blumen pflanzen, was ihre Mutter daheim stets für überflüssig erklärt hatte. Auch die Fenster schmückte sie mit Blumentöpfen. Imrich hatte ihr allerlei Schönes vom Gärtner in A. mitgebracht.

Das ganze Dorf bewunderte Imrichs schmuckes Häuschen. Auch seine Familie freute sich mit ihm, nur die Mutter schwieg. Aber in ihr kochte der Zorn, wenn sie daran dachte, dass hier dereinst Marischka Usowitsch hausen sollte. Hätte ihr Sohn ihr nicht ihr Tun vorgeworfen, dann hätte sie schon Vater und Großvater verraten, was er im Schilde führte. So aber wagte sie es nicht. Außerdem sah sie, dass die Schwiegermutter seine Partei ergriffen hatte. Sicher hatte er ihr sein Leid geklagt, denn sie hatte ihm die Kammer von ihrem Altenteil gefüllt. Von ihren eigenen Vorräten fand sie nun das dort, was Susannka, ihr Liebling, ihr abschmeichelte. Imrich bat um nichts. Aber er hatte es auch nicht nötig. Der Vater selbst teilte ihm Getreide für Brot zu, als er sah, dass die Großmutter für den Enkel sorgte.

Susannka war glücklich wie ein Vöglein; sie lief von einem Haus zum anderen und fühlte sich sehr wichtig in ihrer Hausfrauenrolle. Sie bewohnte die vordere, Imrich die rückwärtige Stube. Diese war länger und hatte große Fenster, so dass der große Zuschneidetisch hier besser Platz fand. Die Küche hatte sich das Mädchen so hübsch geschmückt, dass es eine

Freude war, sie zu betreten. Die Mutter hätte ihr das daheim nie erlaubt, aber Imrich gefiel es, denn auch er hatte Freude am Schönen. Es gefiel auch Andreas Usowitsch, und daran lag Susannka ganz besonders. So oft sie im Winter bei Mras zusammengetroffen waren, hatte das Mädchen ein wenig von der Seite nach dem schmucken Jüngling geblickt, der sie gar nicht beachtete und stets nur mit Onkel und Tante Gespräche führte. Aber jetzt, als er Imrichs Haus baute und verschönerte und sie dabei kochte und aufwartete, ja, wo er bei seiner Arbeit allerlei kleine Dienste von ihr brauchte, jetzt endlich bemerkte sie der Jüngling. Er selbst zeichnete und schnitt ihr die Schablonen, nach denen sie die Küche malen konnte, und als er sie dabei antraf, half er ihr. Seitdem hatten sie immer etwas miteinander zu plaudern, wenn er kam.

Nun nahte der schöne Frühling. Die Fastenzeit war zu Ende, Ostern stand vor der Tür. Der Frühling kam nicht nur in Wald und Feld, in Gärten und Wiesen, er stahl sich auch in die Menschenherzen, und nirgends war das so sichtbar wie bei

Mrasens. In diesem einst so unfreundlichen Haus, das damals jeder mied, versammelte sich alle Tage frohe, glückliche Jugend. Die Sonne, die alle anzog, war Martins junge Frau. Aber auch ihm, dem einst gefürchteten Finsterling, ging man nicht mehr aus dem Weg. Jetzt hatte er für jeden guten Rat und Hilfe bereit. So kamen Imrich und Susannka, Marischka und Andreas Usowitsch und mit ihnen auch Bruder Mischko, der Student, der auf Ferien daheim war. Ferner kamen Simon Lubietovsky und Jurko Zaluschansky.

Besonders an Sonn- und Feiertagen kamen sie hier zusammen. Sie lasen gemeinsam die Bücher, welche Onkel Michael ihnen besorgte; gewöhnlich pflegte er selbst vorzulesen. Er brachte ihnen auch schöne Lieder mit, und trotz seines vorgerückten Alters hatte er noch eine schöne Stimme. Die Lieder, die ihm bekannt waren, lehrte er sie, die anderen lehrte Mischko, der Student, sie nach Noten singen. Mras forderte den Onkel immer auf, am Schluss etwas aus der Bibel zu lesen.

Als sie am Karfreitag so gelesen hatten,

begann plötzlich Palko und nach ihm Ilenka und Marischka dem Onkel zu erzählen, dass der Heiland sie gerade so auferweckt hatte, wie damals den Jüngling von Nain. Die alte Richterin, die öfter kam und auch jetzt unter der glücklichen Jugend saß, begann zu fragen, welch ein Abschnitt das gewesen, den Onkel Michael damals ausgelegt hatte. Sie hörte Usowitsch sehr gerne zu. Dieser las und erklärte die Begebenheit von dem toten Jüngling noch einmal. Hier hatte er Jünglinge vor sich, für die er täglich betete, dass der Herr sie zum Leben erwecken möge. Und wenn ein Mensch von einer Sache so begeistert ist, dass er sie seinen Zuhörern so warm ans Herz legt, dann muss er diese dafür gewinnen, sie sei gut oder böse. An diesem Abend gingen alle Anwesenden sehr nachdenklich heim.

Andreas und Marischka blieben hinter Mischko und dem Onkel zurück. Plötzlich sagte der Jüngling: „Nicht nur dir, Marischka, auch mir ist es an jenem Sonntag in Malotin klar geworden, dass ich tot bin. Aber ich habe diesen Gedanken abgeschüttelt. Nun habe ich aber seit Wochen an dir und Ilenka, namentlich aber an dem Jungen gemerkt, dass ihr etwas habt, was mir fehlt. Warum hast du mir nicht früher gesagt, was du damals erlebt hast? Onkel Michael hat Recht. Jenen toten Jüngling haben sie zu Grabe getragen. Mich tragen meine Sünden zum ewigen Verderben."

Das Mädchen senkte den Kopf. „Ich hätte es dir sagen müssen, aber ich wagte es nicht. Vergib mir!"

„Ich vergebe dir; aber ich muss noch heute mit dem Onkel sprechen."

Bei Mrasens waren die Eheleute allein geblieben. Die Richterin hatte die Kinder mitgenommen, weil sie Ilenka Nüsse für die Feiertage senden wollte. Mras setzte sich an den Tisch und stützte den Kopf in die Hand. Es war ihm so schwer ums Herz.

„Was ist mit dir, Martin?" Ilenka legte ihre warme Hand auf seine Schulter. Er ließ den Kopf gesenkt. „Du hast gesagt, dass jene große Sündenlast, die auf dir lag, so wie auf jenem Christen, der die Stadt Eitelkeit verließ, dich nicht mehr drücke. Der Sohn Gottes habe sie dir abgenommen. Aber jetzt drückt sie mich, und sie ist sehr groß", sagte er bekümmert. „Seitdem ich von dir die frohe Botschaft gehört und gleichzeitig gesehen habe, wie gut, wie gehorsam und lieb mein Junge ist, seitdem bin ich unglücklich. Sooft uns der Sohn das Wort Gottes liest – dort in Malotin las er es uns täglich vor –, hatte es für mich nichts als Drohungen. Seit Wochen bin ich nun daheim. Ich habe den Gedanken, dass ich ein sehr sündiger Mensch bin, immer abschütteln wollen, aber er lässt sich nicht abschütteln. Ich bin meiner Mutter kein guter Sohn gewesen. Meinem Weibe habe ich Liebe geschworen, obwohl ich wusste, dass ich sie niemals lieben würde. Es ist wahr, dass wir schlecht gelebt haben, aber die Schuld lag nicht allein an ihr. Ich hätte mich nicht zwingen lassen dürfen. Ich war ein untreuer Mann; an ihrer Seite habe ich an eine andere gedacht. – Ich war ein böser, neidischer Bruder, ein schlechter Nachbar. Die Menschen haben sich nicht geändert, sie sind dieselben; warum können wir heute so gut mit ihnen leben? – Ich sehe es, dass die Schuld an mir liegt. Das alles sind Dinge, die ich nicht mehr gutmachen kann. – Ilenka, wie war das dort mit jenem Christen? Wodurch ist er seine Last losgeworden?“

„Indem er aufs Kreuz blickte, Martin, und indem er glaubte, dass Jesus Christus für seine Sünden gestorben ist“, erwiderte die junge Frau leise.

„Auch ich will es glauben; ich will jene Last nicht länger weitertragen, noch die Schuld auf andere schieben; nein, ich habe gesündigt – ich will um Gnade und Vergebung bitten.“

Der Bauer stand auf, ging ohne weitere Worte in das andere Zimmer, dessen Türe er hinter sich abschloss.

Kaum war er fort, da schlang jemand die Arme um den Nacken der nachdenklichen jungen Frau. Jemand hatte sich neben ihr auf der Bank niedergelassen. „Tante, sagt mir doch, was ich tun muss, damit der Heiland auch mich auferweckt!“

„Ach, Susannka“, rief die junge Frau, von dem plötzlichen Erscheinen der Nichte überrascht, aus. „Wann bist du gekommen?“

„Gerade als der Onkel fortging. Ich bitte euch, sagt mir doch: Wird er auch mich auferwecken?“

„Ei, freilich!“ Erfreut zog Ilenka das junge Mädchen an sich. Sie war selbst noch ein Kind in göttlichen Dingen, aber eines wusste sie: dass Gott sie sehr liebte, da er ihr seinen eingeborenen Sohn gab; dass dieser Sohn nicht nur für sie gestorben war, sondern auch sie, die noch vor kurzem tot in Übertretungen und Sünden gewesen, zum neuen Leben erweckt hatte, dass sie dies Leben nun besaß. Darum konnte sie Gott und Menschen lieben. Im Worte Gottes steht geschrieben: „Ein kleiner Knabe wird sie führen.“ Auch ein Kind, das den guten Weg betreten hat und ihn kennt, kann einen verirrten Menschen auf den rechten Weg führen und ihn so retten.

Marischka hatte kürzlich und auch heute wieder bedauert, dass sie nicht den Mut gehabt hatte, Imrich zu erzählen, welch ein Glück ihr widerfahren war. Susannka würde nichts zu bedauern haben; als sie heimkam und den Bruder auf der Bank vor seinem Haus sitzen sah, wo er auf sie wartete, setzte sie sich zu ihm und sagte: „Imrich, ich habe schon mit dem Christen die Pilgerreise nach der Goldenen Stadt angetreten. Ich bitte dich herzlich, wenn ich dich je erzürnt habe, so vergib mir! Morgen will ich auch Mutter und allen anderen abbitten. Nachdem ich mir vom Heiland das neue Leben erbeten habe, muss mit dem alten Schluss gemacht werden. Ich weiß, dass der Heiland mir vergeben hat. Ich habe ihn darum gebeten, und was er verspricht, das erfüllt er auch, denn er ist Gottes Sohn. – Aber auch ihr müsst mir vergeben."

„Ich kann dir leicht vergeben, Susannka", entgegnete der Bruder ernst. „Ich erinnere mich wirklich nicht, dass du mir jemals etwas zuleide getan hättest. Aber denkst du, dass ein Mensch, wenn ihm der Heiland geben soll, was die anderen schon haben, nämlich Frieden und Vergebung, erst die Menschen um Vergebung bitten müsse?" Bange Sorge klang aus den Worten des Jünglings.

„Ach nein, das ist mir zuvor nie eingefallen; erst nachdem er mir vergeben hatte, wusste ich es gewiss, dass ich mich auch mit den Menschen versöhnen müsste. Wenn wir sonst zur Beichte gingen, haben wir da nicht einander um Verzeihung gebeten? Und das ist doch etwas anderes; damals gingen wir, weil es so Sitte war, aber jetzt sind wir direkt zu ihm gegangen, und er hat uns auferweckt."

„Weißt du, Susannka, ich brauche jemanden, der mich zu ihm bringt. Die Träger, welche jenen toten Jüngling trugen, brachten ihn zum Heiland, obwohl sie ihn eigentlich zu Grabe trugen. Wenn mich doch auch jemand so zu ihm bringen wollte!"

„Ich bin zu Tante Ilenka gegangen. Als ich eintrat, hörte ich eben, wie Onkel Martin sagte, wie sündig er sei. Was er noch sagte, das weiß ich nicht, denn ich musste an meine Sünden denken. Nur so viel weiß ich, dass er am Ende sagte: ‚Ich will nicht länger diese Last tragen, noch die Schuld auf andere schieben. Ich habe gesündigt und will um Gnade und Vergebung bitten.' Dann ging er in die Stube der Großmutter. Ihn hat niemand getragen, er ging allein. Vielleicht, wenn du ihn später fragen würdest ..."

„Es ist schon spät.“ Der Jüngling richtete sich auf. „Wir wollen zur Ruhe gehen. Auf mich wartet morgen viel Arbeit. Heute will ich nicht mehr nähen, denn es ist solch ein großer, heiliger Tag. Aber ich habe noch drei Anzüge fertig zu nähen. Besonders der für Andreas muss fertig werden.“

„Auch ich habe noch Arbeit“, sagte das junge Mädchen. „Ich will morgen bei der Tante für uns Kuchen backen. Ich muss zeitig aufstehen, damit sie nicht auf mich warten muss. Aufzuräumen brauche ich nicht mehr, das habe ich gestern gründlich besorgt. Aber ich möchte Mutter noch gerne helfen.“

Noch ein Weilchen berieten sich Bruder und Schwester, dann gingen sie auseinander, und im Haus wurde es still. Bald schlief das Mädchen ein, nachdem sie die gewohnten Gebete, namentlich aber das Vaterunser, so gebetet hatte wie nie zuvor.

Imrich saß noch lange am Fenster. Er blickte auf die mondbeschienenen Gärten und darüber zu den nahen Bergen. Die hoch zum Himmel ragenden Gipfel waren wie mit flüssigem Silber übergossen und es war, als zögen sie ihn von der Erde empor zu jenem Jesus, der unter solchen Schmerzen für ihn gestorben war. Der Jüngling wollte an seine Arbeit denken, aber er konnte nicht. Er wollte an sein ferneres Glück denken – vergeblich. Es war, als spräche jemand zu ihm: „Dazu ist ein andermal Zeit genug, jetzt muss erst das Wichtigste erledigt werden."

„Für einen toten Menschen gibt es keine Zukunft", hatte Onkel Michael gesagt; „für ihn ist alles zu Ende, denn er lebt nicht mehr. So gibt es auch für einen Sünder kein ewiges Leben, keine Zukunft. Der Herr Jesus hat den Jüngling zu Nain nicht nur lebendig gemacht, er ist dann für ihn nach Golgatha gegangen und dort für seine Sünde gestorben. So sehr hat er ihn geliebt. So liebt er auch mich und dich ..."

Noch niemals hatte Imrich Lubietovsky an diesen furchtbaren Gang Jesu gedacht, obwohl er gut darum wusste. Heute hatte er fast die ganze Passionsgeschichte gehört. Das Leiden des Lammes Gottes zog an seinem Geistesauge vorüber, Bild um Bild, wie in einem Bilderbuch. Er blickte in den Garten und sah, wie der Sohn Gottes mit seinen Jüngern dem Garten Gethsemane zuschreitet, wie er dort zittert und zagt, wie er unter blutigem Schweiß betet. Die Jünger schlafen. Er, der Unschuldige, erwartet seinen Verräter, erwartet den Tod. Kein Mensch kann ihn vor den falschen Richtern retten. – Dort durch den Olivenhain kommt jene Schar mit den Fackeln und Schwertern. Sie binden ihn, sie führen ihn hin, sie richten und martern ihn, sie schlagen ihn ans Kreuz. Er stirbt, er flucht nicht. Noch im Tode betet er für seine Feinde ...

„Mich haben sie nur verleumdet, obwohl niemand meine Schuld nachweisen konnte, und wie sehr hat es mich gequält! Meine Unschuld ist an den Tag gekommen, die seine nicht! Der heilige Gott wusste, dass er unschuldig war, und doch hat er es zugelassen, dass er so geschmäht, ja getötet wurde. Er ging hin, um auch für den Jüngling von Nain sein Leben zu geben, weil er ihn liebte. Er liebt auch mich, er hat sich auch für mich in den Tod gegeben. Aber ich habe doch nichts Böses getan! Ich bin immer ehrlich und anständig gewesen. Ich habe weder als Lehrling noch als Geselle jemanden betrogen. Ich habe auch den Eltern gehorcht. Man hatte mich überall gern. Warum hätte sich da der Sohn Gottes so für mich opfern müssen? Das verstehe ich nicht!“

Der Kopf des Jünglings sank zur Brust herab. Er fühlte Müdigkeit und Schlaf. Bald lag er im Bett und schlief. Aber auch im Traum sah er den Leidensweg. Er sah, wie Jesus unter dem schweren Kreuz einherschritt, wie die Frauen Jerusalems ihn beweinten und wie er zu ihnen sagte: „Ihr Töchter von Jerusalem, weinet nicht über mich, sondern über euch und eure Kinder.“ Dann senkte er das Haupt und schritt weiter unter seiner Last.

Den Jüngling erfasste solch ein Weh, dass er aus dem Schlaf erwachte.

„Das gilt auch mir; ich sollte über mich selbst weinen.“ Er wusste nicht zu sagen, was mit ihm vorging; aber plötzlich fühlte er seine schwere Last auf dem Herzen. Er wusste mit einem Mal, dass er vor Gott ein großer Sünder war. Die Leute konnten ihm zwar nichts Übles nachreden, aber er fühlte die furchtbare Last des sündigen Menschen, der vor der Heiligkeit Gottes nicht bestehen kann. Er verkroch sich aufs Neue in sein Bett; die Kälte schüttelte ihn und kalter Schweiß trat ihm auf die Stirn.

Sicher war Gott darum so sehr erzürnt, weil er gesagt hatte, dass der Sohn Gottes um seinetwillen nicht hätte zu sterben brauchen, so flog es ihm durch den Sinn. Plötzlich fühlte er mit Entsetzen die Nähe Gottes, der ein verzehrendes Feuer ist. In diesem Feuer Gottes schmolz und verbrannte seine Unschuld, seine Güte, seine Ehrbarkeit und Anständigkeit – ach, alles. Er wusste, dass auch er ein verlorener, verdammter Sünder war.

„O du Sohn Gottes, Jesu Christi, birg mich in deinen Wunden! Wenn du mich so geliebt hast wie den Jüngling von Nain, o dann erbarme dich über mich und hilf mir!", schrie er in jäher Angst. „Ich weiß schon, dass ich ein sehr sündiger Mensch bin, dass du auch um meinetwillen gerichtet werden musstest. Vergib, o vergib mir und erbarme dich meiner!"

In der Stube wurde es dunkel. Eine Wolke verbarg für ein Weilchen den

Mond. Aber plötzlich leuchtete sein silberhelles Licht wieder auf. Der Jüngling wusste nicht, ob es das Mondlicht war oder ein höheres, himmlisches Licht, das plötzlich alles, auch sein Inneres erfüllte.

„Gleichwie Mose in der Wüste eine Schlange erhöht hat, also muss auch des Menschen Sohn erhöht werden, auf dass alle, die an ihn glauben, nicht verloren werden, sondern das ewige Leben haben", so klang es ihm plötzlich im Herzen. Einst hatte er diesen Spruch gelernt, als er noch zum Konfirmandenunterricht ging. Jahrelang hatte er nicht mehr an diesen Spruch gedacht, heute stand er ihm vor Augen, heute verstand er ihn. Er wusste, dass Jesus Christus um seinetwillen am Kreuz gehangen hatte und dass er nun an ihn glaubte. Aber er wusste auch, dass Jesus ihn vom Tode zum Leben erweckt hatte.

Er sprang aus dem Bett und begann laut dem zu danken, der ihn solcher Barmherzigkeit gewürdigt hatte.

Susannka dachte, als sie sich um vier Uhr morgens leise aus dem Haus stahl, dass ihr Bruder noch schlafe. Aber er hörte sie.

Er erwachte, machte Licht, und nachdem er sich im Gebet in Jesu Hände gelegt hatte, las er das Evangelium des stillen Sabbats von dem versiegelten Grabe Jesu, das durch Kriegsknechte bewacht wurde. Dann ging er an seine Arbeit. Mitunter wagte er dabei kaum aufzublicken, so sehr spürte er die Nähe des auferstandenen Heilandes. Nun konnte auch er wie Ilenka jubeln: „Ich verstehe, was das bedeutet: ‚Siehe, ich bin bei euch alle Tage, bis an der Welt Ende.' Er ist bei uns bei all unserer Arbeit."

„Herr Jesu, verlass mich nicht!", wiederholte er halblaut, denn er wusste, sobald ihn der Heiland verlassen würde, würde er hilflos den Anläufen des Feindes preisgegeben sein, der nicht will, dass ein Mensch vor Gott gerecht dastehe.

Halblaut begann er ein altes Passionslied zu singen, das er von der Schule her kannte:

*„Wenn mich die Sünden kränken,*
*O mein Herr Jesus Christ,*
*Dann lass mich wohl bedenken,*
*Dass du gestorben bist*

*Und alle meine Sündenlast*
*Am Stamm des heilgen Kreuzes*
*Auf dich genommen hast.*

*O Wunder ohne Maßen,*
*Wenn man's betrachtet recht!*
*Es hat sich martern lassen*
*Der Herr für seinen Knecht.*
*Es hat sich selbst mein Herr und Gott*
*Für mich verlornen Menschen*
*Gegeben in den Tod.*"

Weiter kam er nicht. Aus seinen Augen rannen Tränen. Er musste die Arbeit beiseite legen, dann stützte er die Hände auf den Tisch, und unter Tränen betete er das Lied zu Ende:

„*Was kann mir denn noch schaden*
*Der Sünden große Zahl?*
*Ich bin bei Gott in Gnaden –*
*Die Sünd ist allzumal*
*Getilgt durch Christi teures Blut,*
*Dass ich nicht mehr brauch fürchten*
*Der Hölle Qual und Glut.*

*Drum sag' ich dir von Herzen*
*Jetzt und mein Leben lang,*
*Für deine bittren Schmerzen,*
*Herr Jesus, Lob und Dank.*
*Für deine Angst und tiefe Not,*
*Für dein unschuldig Leiden*
*Nimm Dank bis in den Tod!"*

Es war die erste Stunde, die der Jüngling mit dem lebendigen, auferstandenen Heiland verbrachte. Er würde sie nie im Leben vergessen, so viele schöne, feierliche Stunden ihm auf seiner weiteren Pilgerreise noch beschieden sein würden. Diese erste würde ihm für immer im Gedächtnis bleiben.

Was sich Imrich Lubietovsky einmal in den Kopf gesetzt hatte, davon war er nicht abzubringen. Wie könnte ihn etwas von dem scheiden, was er mit ganzem Herzen und ganzer Seele ergriffen hatte?

Er erkannte, was er an Jesus von Nazareth hatte, darum übergab er sich ihm ganz und für Zeit und Ewigkeit.

Als Susannka mit frischem Kuchen und dem Frühstück hereinkam, hatte er schon einen großen Teil Arbeit hinter sich. Es entging dem scharfen Auge der treuen Schwester nicht, dass er sehr verwandelt war. Aber da er nichts sagte, beendete sie rasch ihre Arbeit und eilte heim zu ihrer Mutter.

Mittags brachte sie ihm voller Freude das Essen. „Ich habe allen abgebeten", erzählte sie ihm. „Großmutter weinte, Mutter wunderte sich, was ich da für neue Geschichten anfinge. Tante streichelte mich, und Großvater sagte, wenn man jedem nur so wenig zu vergeben hätte ... Nun, sie verstehen es eben nicht, weil sie selbst noch tot sind. Aber wenn der Herr Jesus sie erst auferweckt, werden sie es verstehen. Du aber bist schon bei ihm gewesen, nicht wahr, lieber Imrich?"

„Ja, Susannka, er hat mich gefunden."

„Siehst du! Gott sei Dank! Tante und ich, wir haben am Morgen für dich gebetet. Wie wird sie sich freuen, wenn ich es ihr sage."

Das Mädchen konnte nicht länger verweilen. Sie lief fort wie ein kleines Singvögelchen, das davonfliegt.

Als die Sonne sich schon dem Untergang zuneigte, stellte Imrich Lubietovsky das

Plätteisen fort. Er war fertig. Noch nie hatte er in so kurzer Zeit so viel Arbeit bewältigt. Sicher weil ihn niemand störte, aber auch, weil der Herr ihn gesegnet hatte. Er machte Ordnung, deckte die Nähmaschine zu und hing die genähten Anzüge fort. Dann fegte er den Fußboden, damit Susannka nicht mehr viel Arbeit hätte, wenn sie heimkehrte – da öffnete sich die Türe. Alles auf der Welt hätte der junge Mann eher erwartet, als dass Förster Usowitsch auf seiner Schwelle stehen würde.

„Wundere dich nicht, dass ich zu dir komme", sprach der Mann, nachdem er auf dem angebotenen Stuhl Platz genommen hatte.

„Ich fühle, dass zwischen uns noch nicht alles in Ordnung ist." Usowitsch runzelte die Stirn. „Ich habe dich zwar um Verzeihung gebeten, aber du kannst weder vergessen noch vergeben."

„Ich?", rief der Jüngling überrascht aus. „Glauben Sie das nicht, Herr Usowitsch, ich habe Ihnen alles ein für alle Mal vergeben, als Sie mich endlich für unschuldig erklärt und mir Glauben geschenkt haben."

„So? Warum kommst du dann nicht mehr zu uns?“

Röte der Verlegenheit bedeckte das Antlitz des jungen Mannes. Aber das Bewusstsein, dass sein Heiland ihm auch jetzt helfen würde, gab ihm ungewohnte Entschlossenheit.

„Ich habe Ihnen vergeben, Herr Usowitsch, aber mein Großvater und meine Eltern haben das nicht getan. Ich habe meiner Mutter gesagt, dass ich Marischka heiraten wolle, aber sie zürnt Ihnen, weil Sie über mich und unseren Namen Schande gebracht haben. Darum habe ich Vater und Großvater gegenüber geschwiegen. Aber ich kann nicht zu Ihnen kommen, ohne um Marischka zu werben, und ohne den Segen meiner Eltern kann und will ich nicht heiraten. Darum sind wir beide, Marischka und ich, übereingekommen, dass wir warten wollen, bis Gott uns hilft.“

In der Stube wurde es still. Der Mann blickte auf den hübschen Jüngling, der so sanft, ohne alle Bitterkeit ihm mitteilte, dass er und wieder nur er seinem Glück hindernd im Wege stand.

Usowitsch musste einsehen, dass er selbst

einem Menschen, der seinen Sohn mehr als ein halbes Jahr in seiner Ehre gekränkt hätte, auch niemals vergeben würde.

„Und du zürnst mir nicht mehr, dass ich dich, ohne es zu wollen, ins Unglück gebracht habe?“

„Ich habe Ihnen auch damals nicht gezürnt, als Sie so grausam mit mir verfuhren und mir um keinen Preis glauben wollten. Ich habe niemals vergessen, dass Sie Marischkas Vater sind. Heute könnte ich es als Christ umso weniger tun.“

„Glaube mir, Imrich, es drückt mich sehr, dass ich nichts gutmachen kann. Ich habe mir stets so viel darauf zugute gehalten, dass ich niemals einem Menschen Unrecht getan habe, und nun habe ich dir Unrecht getan.“ Das Antlitz des Mannes verriet innere Qual.

„Gutmachen lässt sich nichts, Herr Usowitsch, aber lassen Sie sich Ihre Sünden vom Heiland vergeben, dann wird es Ihnen leichter werden. Und wenn Sie mich irgendwie für diese schwerste Zeit meines Lebens entschädigen wollen, dann versprechen Sie mir, dass Sie meinen Eltern nicht zürnen werden, selbst wenn diese Ihnen in ihrem Zorn Unrecht tun sollten, und dass Sie uns beide nicht trennen werden. Geben Sie mir die Hand darauf, dass Sie mir Marischka nicht verweigern werden, sobald ich mit der Einwilligung meiner Eltern um sie anhalten kann. Wie Sie sehen, habe ich schon mein eigenes Haus, ich werde sie nicht in das Haus meiner Eltern bringen, wohin sie nicht passt, da sie kein Bauernmädchen ist. Ich will mich mit Gottes Hilfe bemühen, sie ehrlich, ohne alle Beihilfe meiner Eltern, zu ernähren. Wir werden alle beide gleich arm und gleich reich sein. Versprechen Sie mir das, Herr Usowitsch!"

Die Augen des Mannes leuchteten in warmer Liebe auf. „Um dieser letzten Worte willen verspreche ich es dir. Ich weiß, dass sie deinen Eltern nicht nach Wunsch sein wird, selbst wenn wir die alte Feindschaft begraben sollten, weil sie keine Bauernmitgift mitbringt. Aber dorthin soll sie ja auch nicht kommen, und hierher gebe ich sie gern. Ich bin ein stolzer, harter Mensch, das ist wahr, aber ich verspreche dir heilig, dass ich den Deinen nichts übel nehmen will, um dir nicht nochmals ein Leid zuzufügen. Ich halte es auch für richtig, wenn du nicht zu uns kommst. Komm erst, sobald sie es dir erlauben. Ihr seid beide noch jung, und es würde mir ohnedies schwer fallen, Marischka bald herzugeben. Da wir allein sind, müsste Andreas heiraten, und der hat vorläufig keine Lust dazu, denn er will noch auf eine Schule gehen. Ich danke dir, dass du mir so offen die Wahrheit gesagt hast und dass du mir nicht mehr zürnst."

„Auch ich danke Ihnen für Ihr gegebenes Versprechen. Das andere wollen wir in Gottes Hände legen. Ich bitte Sie, schicken Sie jemand nach dem Anzug für Andreas, denn ich selbst kann nicht hingehen und habe niemanden, der ihn hintragen könnte."

„Du hast ihn nett gemacht. Deine Arbeit ist sauber und das empfiehlt dich, ebenso deine Zuverlässigkeit."

Alsbald geleitete Imrich den Förster zur Haustüre hinaus. Dort verabschiedeten sie sich. Außer ein paar spielenden Kindern war niemanden zu sehen. Wenigstens würde sich niemand darüber wundern, was er wohl bei Imrich Lubietovsky gewollt, den er so grundlos beschuldigt hatte.

* * *

Wenn erst das Osterfest vorüber ist, dann kommt der Frühling auf seinem weiß-gelben, grün-rosa Blumenwagen gefahren, bevor man sich's versieht.

So war es auch in Zaluschanie. Alles blühte, selbst der kümmerlichste Weißdornstrauch wollte nicht zurückbleiben. In den Gärten blühten die Kirschbäume, die Veilchen und Himmelschlüssel, am Bachesrand die Gänseblümchen und die Weidenkätzchen. Auch die Pflaumen-, Birn- und Apfelbäume begannen schon zu treiben. Ja, Gottes Welt war schön und wurde mit jedem Tag schöner. Und für die Bauern war das Wetter so günstig, dass sie alle Arbeit in Garten und Feld leicht besorgen konnten.

Auch in Mrasens Haus ging die Arbeit fröhlich vonstatten. Die Muhme war ganz zu ihnen übergesiedelt. Sie hatten alle Hände voll zu tun. Nicht vergeblich riefen ihnen die Vorübergehenden zu: „Gott helfe euch!“ Er half ihnen wirklich, obwohl die Kinder regelmäßig zur Schule gingen und der Vater sogar Annitschka nach der Stadt in den Dienst gegeben hatte. Frau Doktor R. hatte nämlich an Ilenka geschrieben, dass ihr Mädchen sich verheirate, und sie gebeten, ihr ein anderes zu besorgen. Da hatte Annitschka sehr gebeten, die Eltern möchten sie gehen lassen. Ilenka hätte die Tochter lieber daheim behalten, aber der Muhme gefiel die Sache, und auch Mras fand, man müsse der Frau Doktor erkenntlich sein – darum setzte die Kleine ihren Willen durch.

„Wisst ihr, Mütterchen“, sagte sie, die Mutter umarmend, „ich möchte gern auch so werden wie ihr.“

Es war abgemacht worden, dass Annitschka nur zur Aushilfe hingehen sollte, aber da ihr die Stelle gefiel und ihre Herrschaft mit ihr zufrieden war, einigte man sich bis auf Weihnachten. Annitschka fehlte zwar im Haus und Betka und Joschko hatten dadurch mehr Arbeit, aber für diese war das nur gut. Es war ja noch die Muhme da, die viel leistete, da sie trotz ihres Alters noch sehr rüstig war.

Es war Mras gelungen, die Ochsen und zwei Stück Jungvieh vorteilhaft zu verkaufen. Als er den Lohn hinzufügte, den er als Maurer verdient hatte, konnte er einen großen Teil seiner Schuld abtragen. Die Kühe gaben Milch genug, da sie jetzt besser gehalten wurden. Die Milch der einen genügte für den eigenen Verbrauch, die der beiden anderen wurde zu Butter und Käse verarbeitet und verkauft.

„Ich weiß wirklich nicht, wie du das machst“, sagte Frau Zaluschanska zu ihrer Schwägerin. „Ihr seid so viel Personen wie wir, ihr esst besser. Dabei habe ich drei Kühe, aber solchen Nutzen habe ich nicht von ihnen. Dabei hilfst du noch da und dort, wo es eben nötig ist.“

„Wer den Herrgott zum Freunde hat, dem sind auch die Heiligen wohlgesinnt“, lachte die alte Richterin, die gerade anwesend war.

Gar oft, wenn die Frauen an Sonntagnachmittagen beisammen waren, sprachen sie auch ein wenig über die Familie Mras, dass diese so sichtbar von Gott gesegnet war.

„Sie beten nicht vergeblich“, sagte eine

der Nachbarinnen. „Vor jeder Mahlzeit, sei es bei Tag oder am Abend. Auch wenn wir anderen schon auf dem Acker waren, kamen sie nicht, bevor sie nicht aus der Heiligen Schrift gelesen, gebetet und gesungen hatten. Und obwohl sie eine halbe Stunde später hinauskamen als wir, da man Kartoffeln setzte, waren sie früher fertig."

„Aber es sind eben solche Neuerungen, die sie da einführen", meinte die Wagnersfrau stirnrunzelnd. „Kürzlich sagte der Totengräber, der eine Tochter in S. verheiratet hat, dass dort ein neuer Glaube aufgekommen sei. Sowohl in der katholischen wie in der evangelischen Kirche werde sehr dagegen gepredigt, und der habe auch so angefangen."

„Fürwahr, Tante, wer hätte das je von Imrich Lubietovsky gedacht, dass auch er sich so auf die Heilige Schrift verlegen würde", sagte Betka Nerek kopfschüttelnd; „jeden Abend kommen sie bei Mras in der guten Stube zusammen, sitzen rings um den Tisch, wie in der Kirche – das tun sie auch am Sonntagnachmittag – und dann legt Onkel

Usowitsch oder Imrich ihnen den gelesenen Bibelabschnitt aus."

„Wer kommt denn alles dahin?"

„Mrasens, Imrich, Susannka, die jungen Usowitschs, Onkel Michael, Simon Lubietovsky und die Richterin. Am Sonntag auch manche andere."

„Aber das ist doch nichts Schlimmes", meldete sich die Obermüllerin zu Worte. „Ich war letzten Sonntag auch da, die Richterin hatte mich eingeladen. Als wir kamen, sangen sie schon. Dann las Imrich, wie der Herr Jesus über Jerusalem weinte. Und das muss ich sagen, er legte es uns so schön aus, dass ich mich selbst fragen musste, ob der Sohn Gottes nicht Ursache habe, auch über uns zu weinen."

„Wo hat dieser Jüngling diese Weisheit hergenommen?"

So und ähnlich unterhielten sich die Frauen; die einen lobten, die anderen tadelten es, und alle sprachen nur die eine Befürchtung aus, es könnte am Ende jener neue Glaube sein, denn solchen Unfug hatte man in Zaluschanie, wo sie alle ordentliche und anständige Christenmenschen waren, nicht nötig.

Sie erzählten sich freilich auch andere Sachen. Sie wunderten sich darüber, dass Imrich nicht heiratete. Sie hatten gedacht, als er ins neue Haus zog, dass er alsbald Hochzeit machen würde.

Er war ein guter Meister, er hatte schon zwei Lehrjungen, und seit etwa zwei Wochen arbeitete ein fremder, älterer Geselle bei ihm. Der war gekommen, um Arbeit zu suchen, aber er sah ganz krank und heruntergekommen aus.

Imrich hatte ihn aufgenommen und mit Kleidung versehen. Seitdem war er bei Imrich und hielt sich gut. Susannka lobte ihn, dass er fleißig sei. Wenn er nichts mehr zum Nähen sehe, trage er ihr Holz und Wasser, um den Garten zu begießen.

Die Frauen sagten: „So jung Susannka noch ist, so umsichtig ist sie. Sie versorgt den ganzen Haushalt des Bruders, als wäre sie Ilenka Mras. Nicht umsonst läuft sie immer zu ihr. Aber Imrich schätzt sie auch und lässt sie keine schwere Arbeit tun. Es ist schön, wie lieb sich die Geschwister haben. Dabei ist er so ernst und sie so fröhlich."

Die Frauen unterhielten sich auch über

Anna Lubietovska, dass sie jetzt immer verärgert sei. Erst hatte sie Susannka zu Imrich gegeben, und nun brummte sie, dass ihr das Mädchen überall fehle. Sicher ärgerte sie sich, dass Imrich nicht heiraten wollte, nachdem sie ihm schon eine Braut ausgesucht hatte. Aber wenn sie die Schwester dort ließe, würde sie Imrich nur darin bestärken, dass er ein Junggeselle bliebe.

Für Anna Lubietovska war es allerdings keine Kleinigkeit, all ihre Pläne durchkreuzt zu sehen. Sie war die rechte Tochter ihrer Mutter und daran gewöhnt, dass nicht nur ihre Kinder, sondern auch ihr Mann, ein gutmütiger Mensch, dem der häusliche Friede über alles ging, ihr in allen Stücken gehorchten. Auch die Schwiegereltern hatten um des lieben Friedens willen immer nachgegeben. Darum ging im Dorf die Rede, dass eigentlich sie der Richter sei. Wer es verstand, ihre Gunst zu erringen, für den war sie auch zu Gegendiensten bereit. Wer aber mit ihr je einen Verdruss gehabt hatte, der tat gut daran, sich nicht um die Weideplätze der Gemeinde zu melden.

Und nun auch noch diese Sache mit Imrich! Frau Lubietovska zürnte, dass er tat, was ihm gefiel. Ihr Mann lief zu ihm, sooft er Zeit hatte, und saß dann stundenlang bei ihm. Sogar Susannka, dieses Küken, setzte jetzt ihren eigenen Willen durch. Sie tat nichts so, wie die Mutter ihr riet. In allem beriet sie sich mit der neuen Tante. Die war für die ganze Familie das Evangelium. Sogar Simon fing in letzter Zeit damit an, dass sie es im Haus nicht so sauber hätten und dass wenigstens am Sonntag keine solche Unordnung sein müsste. Bei Mrasens hätten sie doch kein solches Geschrei, keine solche Hölle im Haus. Bei ihnen gebe es keine Ruhe, keinen Sonn- und Feiertag. Als sie daraufhin mit dem Sohn in Streit geraten war, hatte der alte Richter die Partei des Enkels ergriffen und gesagt, er werde es nicht mehr länger dulden, dass es in seinem Haus so zugehe.

„Es kann eben nicht jeder aus seinem Haus eine Kirche machen", erwiderte sie spitz. „Ihr Männer macht einem nichts als Arbeit. Mutter kann nicht mehr viel leisten. Wie soll ich da allein mit allem fertig werden? Ihr habt mich gezwungen, Susannka Imrich zu überlassen. Nun, ich kann mich nicht ohne sie behelfen. Sie muss heimkommen und Imrich soll heiraten, wie es sich für einen ordentlichen jungen Mann gehört."

„Mit der Zeit wird das alles kommen", suchte sie die Schwiegermutter zu beruhigen. „Lasst ihn, bis er sich etwas erwirtschaftet hat. Mit leeren Händen anfangen, ist nicht leicht."

„Er kann ja eine Frau bekommen, die etwas mitbringt; er muss keine Arme nehmen", bemerkte der Richter.

„Ich weiß wohl, wen er haben möchte", stichelte Anna. „Ihr, Mutter, wisst es ebenso und nehmt seine Partei gegen mich."

„Was sind das für Reden?", sagte der Richter stirnrunzelnd. „Ich verbitte mir, dass du Verdruss machst und so mit Mutter sprichst."

„Lassen wir das", riet seine Frau. „Wenn Annas Zorn verraucht ist, wollen wir weitersehen."

„Mein Zorn wird aber nicht verrauchen. Wenn ich daran denke, dass mein ältester

Sohn sich gegen meinen Willen die Tochter jenes erbärmlichen Usowitsch nehmen will, der den Leuten ihren guten Namen raubt, dann muss ich einfach erzürnt sein. Ihr freilich würdet sie ihm gönnen, denn das Mädchen versteht es, sich bei euch einzuschmeicheln. Sie geht nur zu Mrasens, um dort mit ihm zusammenzutreffen."

„Was?" Der Richter schlug mit der Faust auf den Tisch. „Wer läuft Imrich nach? Wen will er sich nehmen?"

„Niemand, Alter", fiel die Richterin ihrem Mann ins Wort. „Imrich hat Marischka Usowitsch lieb. Er möchte sie gerne heiraten. Aber da er weiß, dass du und seine Eltern dem Förster zürnen, ist er mit dem Mädchen, wie es sich geziemt, auseinander gegangen. Ilenka ist die Base des jungen Mädchens. Wenn sie sich dort begegnen, sprechen sie nie miteinander. Anna weiß das auch wohl, denn ihr Sohn hat ihr gesagt, dass er ohne unsere Einwilligung und ohne den Segen seiner Eltern nicht heiraten werde."

Der Richter brummte etwas in den Bart und ging fort.

„Nun höre mal, bist du eine Mutter?“, begann die Richterin, nachdem ihr Mann die Stube verlassen hatte. „Warum reizest du den Großvater gegen den Enkel auf?“

„Und warum lehrt ihr ihn, Gottes Gebot zu übertreten? Wozu geht ihr dann zu Mrasens beten? Wenn ein Sohn seiner Mutter trotzt, warum bestärkt ihr ihn darin?“

„Worin trotzt er dir? Wenn er seinen Kopf aufsetzen und das Mädchen heiraten würde, das wäre etwas anderes. So tut er doch nichts, sondern wartet geduldig.“

„Ich will aber nicht, dass er wartet. Ich will, dass meine Söhne heiraten und dass ich selbst ihnen die Bräute aussuche, so wie meine Mutter es mit mir gemacht hat. Ich hätte ja auch lieber einen anderen genommen und habe genug geweint, als sie mir befahl, euren Palo zum Mann zu nehmen – und siehe da, es ist gut ausgegangen. Meine Schwester ist sogar zur Großmutter gelaufen, weil sie den Zaluschansky nicht haben wollte, und dann hat sie gehorcht und sie leben gut miteinander. Wenn Martin mit seiner ersten Frau so umgegangen wäre wie mit dieser, so hätte er auch glücklicher sein können, denn sie war keine üble Person. Wir kannten eben das vierte Gebot, und unsere Großmutter hat es uns noch überdies eingeschärft. Sie hat es nicht so gemacht wie ihr, auch mir werden meine Kinder gehorchen und ich werde sie nach meinem Gutdünken verheiraten."

„Imrich wird kaum gehorchen. Er ist so gut dein Sohn, wie du die Tochter deiner Mutter bist. Tue nur, meine Tochter, wie du's verstehst. Ich werde mich nicht hineinmischen. Dass mir der Junge Leid tut, das ist wahr. Wenn ich ihm helfen könnte, so würde ich ihm heute noch geben, was er von ganzem Herzen liebt und bis zum Tode lieben wird und was zu ihm passt wie die Blüte zum Baum. Aber wenn du denkst, dass das Gott wohlgefällt, dann quäle eben deine Kinder! Ich habe das zwar nie in der Kirche gehört, noch je in einem Buch gelesen. Stattdessen habe ich oftmals gehört und in der Postille gelesen: ‚Ihr Eltern, reizet eure Kinder nicht zum Zorn, dass sie nicht scheu werden!' Wenn du gehört und gesehen hättest, wie verzweifelt Imrich dort im Garten war! Also, wenn es dir besser gefällt, dass dein Sohn verzweifelt, als dass er dich vor Freude und Dankbarkeit auf Händen trägt – meinetwegen; tue, wie du's verstehst ..."

Damit ging auch die Richterin fort. Als sie am Abend mit ihrem Mann allein war und er sie fragte, ob es denn wirklich wahr sei, dass der dumme Junge die Tochter jenes verhassten Usowitsch nehmen wolle, erzählte sie ihm alles; auch wie sich der Enkel seit dem vergangenen Frühling gequält und was er ihr anvertraut hatte. Sie setzte auch hinzu, dass Usowitsch nochmals bei ihm gewesen war und ihn um Verzeihung gebeten hatte, da ihm die Sache sehr Leid tue und er sie nicht ungeschehen machen könne. Mehr sagte sie nicht, denn sie kannte ihren Mann genau. Was er nicht von selbst tat, dazu konnte ihn kein Mensch bewegen. Sie bat ihn daher nicht, er möge Usowitsch vergeben und dem Enkel helfen. Aber dass er sie so wortlos anhörte, flößte ihr Hoffnung ein, dass er darüber nachdenken würde.

Am anderen Tag nach dem Mittagessen schnitt Imrich gerade zu, während der Lehrling und der Geselle nähten.

Plötzlich trat Anna Lubietovska ein.

„Willkommen, Mutter“, rief ihr Sohn erfreut aus.

„Wo ist Susannka?“, begann sie gleich nach der Begrüßung. Sie wollte sich nicht setzen, und Imrich merkte, dass sie nicht ohne Grund gekommen war.

„Susannka trocknet Wäsche, Mutter. Aber bitte, kommt in die gute Stube, ihr seid lange nicht bei uns gewesen.“

Sie sträubte sich ein wenig, dass sie keine Zeit habe, aber endlich ging sie mit. In der Küche blickte sie, wie immer, prüfend umher.

„Wie sauber die Kleine alles hält, es ist doch kaum nach dem Essen und sie hat die ganze Küche wieder so blitzblank, als hätte sie gar nicht gekocht“, dachte sie voll mütterlichen Stolzes. „Daheim hat sie die Zeit vertrödelt.“

„Was mich herführt, wird dir wohl nicht gefallen“, begann sie, nachdem sie in der vorderen Stube Platz genommen hatten. „Aber ich kann mir nicht helfen, du musst dir jemand anderen suchen, die Arbeit wird mir zu viel. Unsere Männer brummen, dass alles schmutzig sei und ich allein nicht nachkomme. Großmutter ist nicht mehr so leistungsfähig wie früher; Susannka fehlt uns überall, sie muss wieder nach Hause."

„Schon?", rief der Jüngling erschrocken. „Schade! Es ging uns beiden so gut. Liebe Mutter, könntet ihr euch denn nicht eine Magd für die gröbere Arbeit nehmen? Für diese ist Susannka ohnehin zu zart und ihr würdet sie ihr gar nicht zumuten. Es würde ja wieder das schlimmste Teil auf euch kommen. Ich weiß, dass Vater schon im Herbst eine Magd nehmen wollte. Glaubt mir, ich will sie euch gern bezahlen, wenn ihr mir Susannka lasst. Ihr wisst doch, dass ich als lediger Mensch nicht gut eine Magd nehmen kann. Die Muhme Mras würde ich jetzt nun nicht mehr bekommen, nachdem sie sich dem Onkel verpflichtet und dieser Annitschka zur Stadt geschickt hat."

„Ei, wozu brauchst du eine fremde Magd? Heirate einfach, dann bist du versorgt!"

Als der Sohn nicht gleich antwortete, blickte ihn die Mutter prüfend an. Er blickte zum Fenster hinaus; sein vordem so fröhliches Gesicht war ernst.

„Heiraten kann ich nicht, das wisst ihr. Aber ich will den Herrn bitten, dass er selbst für uns sorgen möge. Er weiß, dass wir vier Personen sind“, entgegnete er sanft. „Ich sehe ein, dass ihr Susannka nicht nur der Arbeit wegen braucht, sondern weil sie Freude und Sonnenschein verbreitet. Sie ist ein richtiges Singvögelein. Sie ist meine Schwester, und ich habe sie sehr lieb, aber ihr seid ihre Mutter und habt sie noch lieber. Bitte, sagt mir nur, wie lange ihr sie noch entbehren könnt.“

Frau Lubietovska fühlte sich durch diese sanfte Nachgiebigkeit ein wenig beschämt. Sie hatte Imrich in große Verlegenheit gebracht. Wie sollte er, der ledige junge Meister, sich helfen, wenn er sich nicht verheiraten wollte? Und doch ging er so selbstlos auf ihr Verlangen ein.

„Nun, bis Pfingsten werden wir uns am Ende behelfen“, sagte sie nach kurzer Pause.

„Ach, ich danke euch wirklich vielmals, Mutter!“, rief der Sohn hoch erfreut aus. „Aber, dass ich nicht vergesse, da ihr hier seid, muss ich euch Maß nehmen.“

„Mir? Wozu?“, fragte sie überrascht.

„Ihr sagtet im Herbst, dass ihr keine hübsche Jacke mehr habt“, entgegnete er ... Es ist mir gelungen, gerade solch blaues Tuch zu kaufen, wie ihr euch gewünscht habt.“

Der Sohn nahm ein Stück Tuch aus dem Schrank, das noch in Papier gehüllt war. Es glänzte wie Seide.

„Nein, was du sagst! Wo hast du das her? Hast du viel dafür gegeben?“

„Wie viel, das verrate ich nicht. Ihr würdet schelten, dass ich nicht gefeilscht habe. Aber der Händler hatte nur dies Stück und ich fürchtete, dass ein anderer mir zuvorkommen könnte. So gab ich, was er verlangte, damit ihr wenigstens einmal eine Jacke nach eurem Geschmack bekommt. Auch ein hübsches Futter sowie Schnüre und Spangen habe ich, nur die Knöpfe fehlen noch. Ich habe diese genommen und werde sie an eure alte Sonntagsjacke nähen, die Silberknöpfe davon auf diese versetzen. Das wird sehr schön werden.“

Der Sohn blickte die Mutter an. Er sah, dass seine Gabe ihr gefiel, und das erfreute ihn.

„Warum hast du mir das gekauft?“, begann sie. „Du hast doch genug Auslagen, nachdem du selbstständig bist.“

„Ich hatte mir längst vorgenommen, euch von meinem ersten Verdienst diese Jacke zu schenken. Ihr habt von klein auf genug Sorge und Mühe mit mir gehabt, und ich habe euch viel Geld und Arbeit gekostet. Das kann ich euch nie vergelten, aber ich will euch ein dankbarer Sohn sein. – So, nun habe ich euer Maß, wenn ich fertig bin, könnt ihr es zum Fest in die Kirche anziehen. Keine Frau im ganzen Dorf wird eine schönere Jacke haben.“

Der Sohn legte das Tuch wieder in den Schrank. „Ich danke dir sehr“, sagte die Mutter und reichte ihm die Hand. „Du hast mir eine große Freude bereitet, aber eine noch größere wäre es mir, wenn ich dich verheiraten und diese Jacke zu deiner Hochzeit anziehen dürfte.“

„Liebe Mutter“, erwiderte der Sohn, „das dürft ihr nicht von mir verlangen. Ich kann nicht ins Gotteshaus gehen, um zu sündigen. Und es wäre eine Sünde, wenn ich dort einer Treue schwöre und dabei Tag und Nacht an eine andere denken würde.“

„Aber, Imrich, willst du wirklich ein alter Junggeselle bleiben?“

„Das will ich nicht, Mutter. Ich bitte den Herrn Jesus bei Tag und bei Nacht, er, der auf die Hochzeit zu Kana gekommen ist und dadurch den Ehestand geheiligt hat, möge auch mir helfen und eure Herzen lenken. Ich glaube, dass er mich hört.“

„Wie, du glaubst wirklich, dass er dich hört? Solch ein Gebet steht doch in keinem Buch“, scherzte die Mutter. „Und wenn wir nicht wollen, dann kann Gott uns auch nicht geneigt machen.“

„O das kann er wohl. Wie, das weiß ich nicht; aber ich vertraue ihm.“

„Nun, wir werden ja sehen, wer Recht hat. Aber nun muss ich heim. Ich wollte Suska rufen, sie möge mir helfen, alles für die Mühle herzurichten; aber wenn sie Arbeit hat, will ich sie nicht abhalten.“

„Ich werde euch meine Lehrjungen senden.“

„Meinetwegen, wenn sie nichts versäumen. Es muss nicht gleich sein, etwa in einer Stunde.“

Als die Mutter fort war, setzte sich der Jüngling hin und stützte den Kopf in die

Hand. Bange Sorge wollte sein Herz beschleichen. Wohl war er froh, dass er mit der Mutter in Ordnung war, dass sie nicht in Zorn von ihm gegangen, aber was sollte er anfangen, wenn sie ihm Susannka nahm? Es tat ihm nicht nur seinetwegen, sondern auch um der Schwester willen Leid. Es war ihnen ja hier so wohl. Sie hatten am Morgen und zu Mittag ihre hübsche Hausandacht. Sie lernte alle Lieder so schnell und lehrte sie ihn und die Lehrjungen, ja, auch der Geselle konnte ihr nicht widerstehen und musste mitsingen. Wenn eine fremde Person herkäme, würde alles anders werden.

Der Jüngling merkte nicht, dass sich die Tür öffnete und Susannka mit der frisch getrockneten, schneeweißen Wäsche hereinkam. Sie blieb stehen und blickte verwundert auf den Bruder. Durchs Fenster erblickte sie noch die Mutter, die bereits ihrem Haus zuschritt.

„War Mutter da? Was wollte sie?", fragte sie und legte dabei die Wäsche auf den Tisch.

„Imrich, was ist mit dir? Warum bist du traurig?"

Der Jüngling blickte in das hübsche, rosige Gesicht seiner Schwester.

„Ach, Susannka, sie will dich wieder heimnehmen. Nur bis zu Pfingsten dürfen wir noch beisammen bleiben."

„Was du nicht sagst!" Das Mädchen schlug überrascht die Hände zusammen.

Imrich teilte der Schwester sein Gespräch mit der Mutter mit. Er sah ein, dass diese im Recht war. Aber Susannka warf lachend den Kopf zurück.

„Sorge dich nicht, Imrich, bis zum Fest sind noch einige Wochen, und ich werde mich auch weiterhin bei Mutter freibitten. Ich werde den Vater bitten, Tante Katuscha zu uns zu nehmen. Die wird froh sein, wenn sie aus dem Haus kommt. Die Großeltern wünschen das längst, denn ihr Stiefvater behandelt sie schlecht. Glaube mir, unser Haus wird auch ohne meine Arbeit bestehen. Katuschka ist schon zwanzig Jahre alt und sehr kräftig. Sie kann Mutter ganz anders helfen als ich. Dann wird sie auch zu uns kommen und vom Heiland hören. Sie wird ihn gewiss auch lieb gewinnen."

Imrich musste unwillkürlich lächeln.

Susannka verstand es, ihm die Sorgen zu vertreiben.

„Du hast Recht. Der Herr sagt: ‚Sorget nicht für den morgigen Tag!' Auch ich will nicht für Wochen voraussorgen, sondern lieber an die Arbeit gehen und Mutters Jacke beginnen."

„Hast du ihr den Stoff gezeigt? Was sagte sie?"

„Er gefiel ihr. Das wusste ich."

„Solch ein Tuch kann ihr auch gefallen. Sie wird gar schmuck darin sein. Es ist schön, wenn der Mensch eine hübsche Mutter hat."

„Und was für einen Vater?", ertönte es von der Tür her.

„Ach, Vater! – Willkommen!"

Lubietovsky sank auf einen Stuhl. Susannka wischte ihm den Schweiß von der Stirn.

„Was macht ihr, Kinder? Gebt mir ein wenig Wasser!"

„Wo wart ihr, Vater?"

„Ich war in der Stadt und habe ein Stück Jungvieh verkauft."

„Vater, ihr habt sicher noch nicht zu Mittag gegessen?", fragte der Sohn besorgt.

„Mutter wird mir etwas geben, wenn ich heimkomme."

Aber Susannka eilte fort und brachte dem Vater alsbald Milch und frischen Kuchen herbei. Sie hatte noch gestern Abend den Teig gemacht, so dass sie heute nicht kochen musste. Sie hatte allen nur Milch und Kuchen gegeben, aber sie waren zufrieden gewesen. Auch der Vater verachtete es nicht, ja, er bat sich noch ein zweites Töpfchen Milch aus.

„Den hast du gut gebacken", lobte der Vater und blickte sie voll väterlichen Stolzes an. Er hatte alle seine Kinder gern, aber sie war sein Liebling, weil sie als einzige von drei Töchtern am Leben geblieben war.

„Hier im Kühlen sitzt es sich sehr schön, aber ich muss jetzt nach Hause."

„Warum wollt ihr schon gehen? Ruht noch ein wenig, ihr werdet noch genug arbeiten", bat der Sohn.

„Ihr habt vorhin die Mutter erwähnt. War sie hier?"

„Ach ja, Vater. Ich habe sie nicht mehr angetroffen, weil ich gerade Wäsche abnahm, aber ihr Besuch hat uns nicht sehr erfreut.“ Susannka versteckte ihr Köpfchen an der Schulter des Vaters.

„Was hat es denn gegeben?“, sprach er, ihre Wangen streichelnd.

„Ich soll nach den Feiertagen heimkommen und Imrich allein lassen, weil ihr die Arbeit einfach zu viel sei.“

„Nein, was du nicht sagst!“, rief der Vater verwundert aus. „Mit mir hat sie nicht darüber gesprochen.“

„Lieber Vater, nehmt doch Katuscha und lasst mich bei Imrich! Ich lerne hier viel mehr als daheim.“

„Ich lasse dich gern hier, Mädel. Wenn Mutter einverstanden ist, möchte ich Katuscha mit Freuden zu uns nehmen, damit sie es endlich besser hat. Ich muss mit Großmutter darüber reden; es wird sich wohl einrichten lassen. Bitte du Mutter nur recht schön, sie wird sich schon erweichen lassen. – Aber, mein Sohn, ich habe dir noch gar nicht gesagt, warum ich so eile. Großvater ist angezeigt worden. Ich denke, dass die Sache vom Notar ausgeht, denn der hat ihm kürzlich gedroht, als Großvater bei den Wahlen nicht für den Kandidaten der Regierung stimmte, sondern mit dem Herrn Pfarrer ging und das halbe Dorf nach sich zog. Er ist angeklagt, dass er bei den Gestellungen zum Militär den jungen Leuten behilflich sei, vom Militär freizukommen, und dass er Malkows Waisen irgendwie geschädigt habe, vor allem aber, dass er Wilddiebe verteidige und gegen die Herrschaft hetze. Als Zeuge ist auch Usowitsch vorgeladen. Der wird wohl nicht sehr günstig aussagen, denn Großvater hat oft über die herrschaftlichen Treibjagden gescholten und über den Schaden, der den Bauern dadurch entstehe. Die Juden wissen alle darum. Reich hat einen Sohn bei Gericht, der hat es ihm erzählt. Der Alte sagte mir, dass wir wohl heute oder morgen die gerichtliche Vorladung erhalten würden. Nun, ich muss so schnell wie möglich zu Großvater."

„Fürchtet euch nicht, Vater; Herr Usowitsch wird Großvater nicht anklagen. Er ist nicht so böse, wie man denkt", versicherte Susannka. „Dass er seine Herrschaft verteidigt, ist wahr, aber was soll er als Beamter anderes machen?"

„Es steht dir wohl an, ihn zu entschuldigen“, erwiderte Lubietovsky finster. „War er es nicht, der unseren Imrich vor Gericht gezogen und uns die Polizei auf den Hals geschickt hat? Ein ganzes Jahr durfte man uns seinetwegen schmähen. Das vergesse ich ihm mein Leben lang nicht.“

„Vater, der Sohn Gottes sagt: ‚Vergebet, so wird euch vergeben werden!‘ Es gibt keinen Menschen, der sich nicht irren und dem anderen Unrecht tun kann. Herr Usowitsch hat mich nicht wissentlich geschmäht. Jene anderen waren schuld, die den Hirsch dorthin gelegt und den Verdacht auf mich gelenkt haben. Freilich, Herr Usowitsch hätte ihnen das nicht glauben dürfen. Aber ich habe ihm vergeben, als er mich um Verzeihung gebeten hat. Er war auch hier bei mir, weil ihn die Sache sehr bedrückt. Er würde viel darum geben, wenn er sie ungeschehen machen könnte. Ich bin fest davon überzeugt, dass er Großvater nicht beschuldigen wird. Ich bitte euch, vergebt ihm auch, wie ich ihm vergeben habe; denn meine Unschuld ist ja an den Tag gekommen. Seht, auch der Heiland ist fälschlich angeklagt und gerichtet, ja zum Tode verurteilt und gekreuzigt worden und hat noch am Kreuze gebetet: ‚Vater, vergib ihnen, denn sie wissen nicht, was sie tun!'"

„Nun meinetwegen", sprach der Bauer erweicht. „Wenn du dich mit ihm versöhnt hast, könntest du eigentlich zu ihm gehen und ihm sagen, wie sich die Sache verhält. Vielleicht wird er dir zuliebe unseren Großvater schonen."

„Ja, Vater, ich gehe, sobald es dunkelt. Bei Tageslicht möchte ich es unter diesen Umständen nicht gern tun."

„Du hast Recht, mein Sohn, es könnte manchen Leuten auffallen."

Susannka ließ ihre Wäsche im Stich und begleitete den Vater heim, denn sie war in großer Sorge um den Großvater. Daheim fanden sie bereits die Vorladung vor und der alte Richter saß ganz gebrochen über derselben. Er wusste, dass er unschuldig war. Die Sache, die Malkows Waisen betraf, war leicht klarzustellen. Aber der dritte Punkt der Anklage war sehr heikel. Hier hatten die Herren das große Wort – und eine Krähe hackt der anderen kein Auge aus. Wenn die Herren einen Bauern anklagen, muss dieser verlieren, besonders wenn er Gemeindevorsteher ist. Leicht konnten sie ihn so verwickeln, dass er sogar ins Gefängnis kam, wenn man sagte, dass er gegen die Regierung gehetzt habe. Lubietovsky war schon in jungen Jahren Richter geworden und immer wieder hatte die Gemeinde ihn erwählt – und nun musste er auf solche Weise Amt, Ehre und guten Namen verlieren. Der Einzige, der ihm ein wenig helfen konnte, war Usowitsch; aber der würde ihn als Hauptzeuge wohl vollends ins Verderben stürzen.

Mit einem Male stand es dem Richter vor Augen, wie der Förster bei Gericht, nachdem er Imrich abgebeten, auch auf ihn zugetreten war. Vielleicht hatte er ihm ein gutes Wort sagen wollen; aber er, Lubietovsky, hatte ihm den Rücken zugewandt und getan, als sähe er ihn nicht. Jetzt konnte Usowitsch ihm das heimzahlen.

Es war ein gar trauriger Nachmittag für die ganze Familie. Etwa zwanzig Bauern hatten gleichfalls Vorladungen bekommen, und so herrschte bis zum Abend große Aufregung im Dorf.

Der Herr Pfarrer und der Lehrer kamen, um den Richter zu besuchen, und berieten sich lange mit ihm.

„Ach, Ilenka, mit uns steht es schlimm!" Mit diesen Worten begrüßte Anna die Schwägerin.

„Fürchte dich nicht, Anna, Gott ist allwissend. Er wird die Unschuld eures Vaters ans Licht bringen", tröstete sie die junge Frau herzlich. Sie ging auch zur Richterin hinein, sprach beiden Frauen Mut zu und beruhigte Simon und den Vater. Als der Richter, der die beiden Herren begleitet hatte, heimkehrte, setzte sie sich zu ihm auf die Bank. Es war ihm sehr lieb, dass sie gekommen war. Er erzählte ihr alles, was er morgen bei Gericht den Herren sagen wollte, warum ihm die Treibjagden ein Dorn im Auge waren usw. Sie hörte ihm aufmerksam zu; endlich sagte sie: „Darf ich euch einen Rat geben?"

„Ei gewiss, meine Tochter, einen Rat von dir nehme ich gern an."

„Sprecht überhaupt nichts von selbst, sondern beantwortet nur kurz die Fragen der Herren. Ich habe bei meiner Herrschaft oft lange politische Prozesse gelesen. Da war oft die schönste Rede und die beste Verteidigung vergeblich; nur ein Blinder hätte die Wahrheit nicht sehen, nur ein Tauber sie nicht hören können. Aber wenn sie einen verurteilen wollten, dann wurde er eben verurteilt, da half alles nichts. So wird es auch mit eurem Prozess sein. Sie wollen euch wegen jener Wahlen anklagen, darum suchen sie einen Vorwand. Aber wir werden es nicht zugeben!"

Alle blickten verwundert auf die junge Frau. Bisher hatte sie immer so vernünftig gesprochen. Was waren nun das für Worte?

„Wer wird es nicht zugeben?", fragte ihr Schwager Paul.

„Wir wollen morgen alle Arbeit ruhen lassen und beten, ihr sollt es sehen, dass der heilige Gott uns um seines Sohnes willen erhören wird. Wen er gebrauchen wird, um euch, lieber Onkel, zu erretten, das weiß ich nicht, aber er wird es sicher tun."

„Gott gebe es, liebe Tochter", meinte die Richterin. Auf den Richter machten die Worte der jungen Frau tiefen Eindruck.

Sie zeigten ihm, dass es für ihn keine andere Hilfe gab, als allein von Gott. Gleich einem Ertrinkenden griff er unwillkürlich nach diesem Rettungsseil. Als sie dann die Bibel nahm und den Text von Petrus vorlas, der von sechzehn Kriegsleuten im Gefängnis bewacht wurde, da wunderte er sich, wie neu und wunderbar ihm diese Geschichte vorkam, die sie mit heller Stimme las. Dem Apostel, der dem Tode entgegenging, konnte auch niemand helfen, und dennoch wurde er durch das Gebet seiner Freunde befreit.

„Sie waren so gut Menschen wie wir", sagte Ilenka. „Sie glaubten an denselben Gott, an den auch wir glauben, und er erhörte sie."

„Wenn ihr mich durchbetet", sagte der alte Richter, der jungen Frau freundlich die Hand reichend, „dann will ich mit meiner Frau in eure Stunde gehen."

Inzwischen klopfte Imrich Lubietovsky an die Tür des Forsthauses. Als er sie öffnete, klang es ihm freudig entgegen: „Imrich, du kommst zu uns?" Und Marischka warf sich in die ausgebreiteten Arme ihres Liebsten. Ein Weilchen standen sie schweigend da, zu glücklich, um Worte zu finden. Dann fasste sich der junge Mann und teilte ihr mit, dass er in einer sehr ernsten, ja, traurigen Angelegenheit ihren Vater sprechen müsse.

Usowitsch war noch draußen, aber er kehrte bald heim. Auch er hieß den jungen Mann freudig willkommen. Aber als dieser ihm seine Sache vortrug und ihn bat, den Großvater nicht zu verklagen, saß er ein Weilchen in ernstem Nachdenken da.

„Ich würde ihn nicht verklagen", sagte er, „aber er ist leider schon angeklagt. Und wenn man uns einen Eid abnimmt, kann ich nicht lügen. Es sind auch noch andere da, die etwas gehört haben; der eine sagt dies, der andere das. Dein Großvater hat sich eben manches zu sagen erlaubt. Wenn er vor anderen so gesprochen hat wie vor mir, kann ihm das übel ausgelegt werden. Ich weiß, dass er ehrlich ist und dass er im Recht war, wenn er die Gemeinde verteidigte, so gut wie ich, wenn ich die Herrschaft verteidigte. Wir hatten beide ein verantwortungsvolles Amt und wollten nur gern unsere Pflicht tun. Ich verspreche dir, dass ich ihn verteidigen will, soweit es in meiner Macht steht, selbst wenn ich darum mein Brot verlieren sollte. Ob es aber etwas nützen wird, weiß ich nicht.“

Dennoch ging Imrich getröstet heim, vor allem deshalb, weil er sich in Usowitsch nicht getäuscht hatte.

Es war nicht viel, was Imrich erreicht hatte, aber er war glücklich in dem Bewusstsein, dass der Förster sein Wort halten und dem Großvater nicht schaden würde. Denn in letzterem Falle würde sich zwischen ihm und Marischka eine Kluft auftun, die nie mehr zu überbrücken wäre. Doch er glaubte, dass der Herr helfen würde. Heute hatte ihn sein Vater selbst ins Forsthaus gesandt, mit seiner Einwilligung hatte er Marischka besuchen dürfen. Ach, der Herr war gut!

* * *

Am Abhang des herrschaftlichen Jungwaldes, der dicht mit Himbeersträuchern bewachsen war, hatten Mrasens eine Wiese und ein Stück Feld, das sie von der

Muhme gepachtet hatten. Oberhalb dieser Wiese saß Ilenka Mras im Schatten der rötlich blühenden Föhren. Es war Pfingstmontag und sie hatte ihren Kindern ein lang gegebenes Versprechen eingelöst und einen Spaziergang mit ihnen unternommen. Auch die Kinder der Schwägerin sowie ihre jungen Nichten und Neffen hatten sich ihnen angeschlossen. Kurz vorher waren alle um sie her gesessen, hatten gesungen, Frühlingsblumen gepflückt und sich vergnügt, wie es eben nur die harmlose Jugend vermag, die nichts drückt und quält.

Es war Frühling um sie her, aber auch in ihren Herzen war jener geistliche Frühling, denn auch Jurko und Simon sehnten sich schon nach dem neuen Leben. Ilenkas Herz zog es in die Einsamkeit. Als sie dieses alles sah und darüber nachdenken musste, wie große Dinge der Herr an ihnen getan hatte, da musste sie dem Heiland danken, dass er sie gesucht und gefunden und so wunderbare Mittel und Wege dazu gebraucht hatte, um sie zu erwecken. Nachdem sie dem Heiland gedankt hatte, ließ sie die Erlebnisse der letzten Wochen an ihrem inneren Auge vorüberziehen.

Was über der Familie Lubietovsky geschwebt hatte, glich einem starken Gewitter, das zwar allerlei zerbricht, aber auch die Luft reinigt. Es war so, wie sie zur Richterin gesagt hatte: Die Feinde hatten ihn vernichten wollen, aber der heilige Gott hatte es nicht zugelassen, er hatte die Bitten seiner einfältigen Kinder erhört. Und gerade Usowitsch war es, den er zur Rettung des Richters gebraucht hatte. Er stand bei den Herren in Gunst, ihn schätzten sie. Außerdem war es auch bekannt, dass er mit dem Richter stets auf Kriegsfuß gestanden, darum fiel sein Zeugnis umso mehr in die Waagschale. Dass der Richter sich mit keinem Worte verteidigte, sondern nur die an ihn gerichteten Fragen wahrheitsgemäß beantwortete, sprach gleichfalls zu seinen Gunsten. Er machte durchaus nicht den Eindruck eines Aufwieglers, sondern eines Menschen, der das ihm Anvertraute treulich verteidigen wollte. In der ganzen Gemeinde hatte sich niemand gefunden, der gegen ihn ausgesagt hätte. Das Zeugnis von ein paar hergelaufenen Landstreichern, die der Notar aufgetrieben hatte, war so widerspruchsvoll, dass es der Sache des Richters eher förderlich als schädlich war. Seine Unschuld in der Militärangelegenheit und in Sachen des Waisen Malkow wurde sogleich offenbar. Nur die Sache mit den herrschaftlichen Jagden zog sich ein paar Wochen lang hin. Aber Usowitsch ging zu allen seinen Vorgesetzten und wusste sie dafür zu gewinnen, dass sie von der Klage Abstand nahmen. Freilich drohte dem Förster die Gefahr, dass er bei den Herrschaften in Ungnade fallen und dadurch sein Amt verlieren konnte. Aber der Herr ließ es nicht zu. Nun brachte der Notar noch die Geschichte von den Wahlen aufs Tapet und verwickelte auch den Herrn Pfarrer und den Lehrer in die Sache. Aber da geschah etwas Unerwartetes. Der Richter forderte, dass zur Prüfung seiner Behauptungen über die Veruntreuungen des Notars eine gerichtliche Kommission aufs Rathaus käme, und da erfüllte sich das alte Sprichwort: „Wer anderen eine Grube gräbt, fällt selbst hinein." Dem Notar fehlte Geld – der beste Beweis, dass der

Richter nur die Wahrheit gesagt hatte. Aber es ging auch nach dem zweiten Sprichwort: „Die kleinen Diebe hängt man – die großen lässt man laufen." Der Notar ging frei aus, aber wenigstens war endlich der Prozess zu Ende und die Unschuld des Richters klar erwiesen. Lubietovsky, aber auch die ganze Gemeinde erkannten, dass sie dem Förster viel Dank schuldeten, weil er so warm für den alten Richter eingetreten war. Alle schätzten ihn sehr.

Der Richter hielt sein gegebenes Versprechen. Er kam zu Mrasens, um Gott zu danken, und es gefiel ihm unter diesen glücklichen Gotteskindern sehr wohl. Er war besonders Ilenka sehr dankbar für ihren Rat. Alle Herren, die ihm wohlgesinnt waren, sagten, dass er sehr klug gehandelt habe. Aber auch Mras war er dankbar, denn dieser hatte ihn ermutigt, eine Kommission zu fordern, welche die Gemeinderechnungen überprüfen sollte. Da war denn an den Tag gekommen, was keiner der Herren erwartet hatte.

Dann ging der alte Richter samt seinem Sohn ins Forsthaus, um Usowitsch zu danken; und weil er nicht zu den Leuten gehörte, die anderen gerne etwas schuldig bleiben, hielt er bei dieser Gelegenheit gleich für seinen Enkel um die Hand der Försterstochter an. Anna Lubietovska wusste, was die beiden Männer im Sinne hatten, aber sie wehrte ihnen nicht. Wenn Imrich nur zufrieden war – sie würde ja nicht mit der Schwiegertochter hausen. Nun war es schon so weit, dass Imrich und Marischka gestern und heute in der Kirche aufgekündigt worden waren und in nächster Zeit die Hochzeit gefeiert werden sollte.

An das alles musste Ilenka denken. Sie freute sich sehr mit den Fröhlichen, so wie sie mit den Weinenden geweint und ihre Last getragen hatte. Warum ließ sie denn mit einem Male den jungen Kopf in beide Hände sinken? Ein Vogel kam herbeigeflogen, setzte sich auf den Baumstumpf ihr gegenüber und blickte sie mit seinen dunklen Augen an, als wollte er sagen: Warum bist du so traurig? Ach, sie hätte es selbst nicht sagen können, warum sie eigentlich traurig war. Sie war gesund an Leib und Seele und hatte gesunde Kinder. Diese liebten sie, ja, die ganze Familie ihres Mannes hatte sie lieb. Alles, was sie unternahm, glückte ihr, denn Gott gab seinen Segen dazu. Nie im Traum hätte sie gedacht, dass es ihr je auf der Welt so gut ergehen würde.

Jene seltsame Traurigkeit und Bangigkeit war gestern über sie gekommen, als Imrich und Marischka sie besucht hatten. Sie war mit ihnen allein gewesen und sie hatte ihre große, schöne Liebe gesehen. Sie hatten ihr gedankt, dass sie sie im Leid getröstet hatte. Als sie fort waren, fühlte sie mit einem Male, dass auch sie noch jung war und dass es schön sein musste, so geliebt zu werden. Sie hatte ohne Liebe, nur um der Kinder willen geheiratet, ihr Mann behandelte sie, als sei sie seine älteste Tochter. War er zuvor gut zu ihr gewesen, wie viel mehr war er es heute, da sie jeden Tag mit Gebet begannen und beschlossen. Aber auch er hatte so geliebt wie Imrich. Er hatte ihr ja selbst bekannt, dass er an Betkas Seite immer noch an Anna gedacht hatte. Ob er wohl auch heute noch an jene dachte und sie selbst niemals lieben würde?

Gleich am ersten Abend hatte er ihr gesagt, dass er für sich kein Weib brauchte, dass er nur einer Hausfrau und einer Mutter für seine Kinder bedürfe. Das und nur das war sie ihm bisher gewesen. Das würde sie ihm wohl bis zum Tode sein. Aber warum erschien ihr mit einem Male das Leben so lang und öde?

Sie wusste nicht, dass sie nicht mehr allein war, dass an der nächsten Eiche gelehnt ihr Mann stand und sie betrachtete. Und je länger er sie ansah, desto tiefer wurde die Falte zwischen den schwarzen Augenbrauen. Was dachte er wohl? Ach, wenn sie es geahnt hätte!

„Höre, Martin, deine Frau ist eben doch viel zu jung für dich; wenn sie so mit deinen Kindern plaudert, möchte man denken, sie sei das älteste von ihnen. Es ist nicht gut, dass so viele junge Leute bei euch verkehren. Gar mancher von ihnen könnte besser zu ihr passen als du. Wenn sie etwa auf den Gedanken käme, dass sie sich mit dir das Leben verpfuscht hat –", so hatte ihm seine Schwester Zaluschanska kürzlich gesagt. Sie hatte ihn wohl reizen wollen, weil er es abgelehnt hatte, für ihren Schwager zu bürgen, als dieser sich Geld ausleihen wollte. Damals hatte er nicht weiter darauf geachtet, aber nun musste er immer daran denken, sooft die jungen Leute in sein Haus kamen. Aber vergebens beobachtete er Ilenka. Sie war zu allen gleichmäßig lieb und freundlich. Nur gestern war sie ein wenig bedrückt umhergegangen – und heute dieses!

„Also so sitzt sie da, wenn sie allein ist?", grübelte der Bauer. „Sie trauert wohl darüber, dass sie sich mit mir ihr Leben verdorben hat. Sie hat mich nur den Kindern zuliebe genommen; an ihr Herz hat sie nicht gedacht. Mich kann sie nicht lieb haben; ich bin viel zu alt, und einen anderen darf sie nicht lieben, solange ich lebe. Dabei bin ich rüstig und gesund, meinen Tod wird sie nicht so schnell erleben, dazu pflegt sie mich viel zu gut. Aber wenn sie an meiner Seite so unglücklich ist, so tut mir das bitter weh. Ich habe sie ja so lieb, wie ich auch Annitschka niemals geliebt habe. Wie oft habe ich ihr das schon sagen wollen, aber wie soll ich das anfangen, wenn sie mit mir so unglücklich ist?"

Plötzlich fuhr die junge Frau zusammen. Jemand umarmte sie und ein dunkler Krauskopf schmiegte sich an ihre Schulter.

„Mütterchen, warum seid ihr so traurig?"

Mras hätte Palko am liebsten fortgeschoben, weil er das tat, was er selbst so gern getan hätte und doch nicht konnte.

„Du bist es, Paluschko?" Ilenka küsste den Knaben und zog ihn neben sich. Aneinander geschmiegt saßen die beiden da.

„Warum seid ihr traurig?"

„Ich bin es ja nicht mehr", lächelte sie unter Tränen. „Weißt du, es wurde mir mit einem Male so bange. Ich dachte an Annitschka, die schon in Stellung ist. Vielleicht wirst du auch bald ein Handwerk lernen, denn das hat auch heute noch goldenen Boden. Joschko will auch in die Lehre, sobald er die Schule verlässt. Auch Betka wächst heran und wird fort wollen. So bleibt mir nur der kleine Andrischko und ich werde bald nichts mehr bei euch zu tun haben."

„Und Vater?", warf der Knabe verwundert ein.

„Du hast ja gehört, dass er mich nur euretwegen genommen hat. Er würde sich auch ohne mich mit der Muhme begehen."

Aus der Stimme der jungen Frau klang solch eine bange Trauer, dass der Knabe am liebsten geweint hätte. Aber wunderbar. Auf Martins Stirn verschwanden die Wolken. Er fühlte, dass es Frühling war, dass die Vögel sangen und die Blumen dufteten.

„Das ist nicht wahr, Mütterchen, so etwas dürft ihr nicht denken", erwiderte der Knabe ernst. „Vater würde es ohne euch wohl keinen Tag mehr aushalten. Und dass ich von euch fortgehen sollte? Keine Angst, das würde nur geschehen, wenn man mich auf den Kirchhof tragen würde. Seitdem ich weiß, dass Gott selbst sich einen Hausvater nennt, habe ich noch größere Lust, nur Bauer zu bleiben. Ich liebe diese schwarze Erde, die uns alle ernährt, wenn Gott seinen Segen dazu gibt. Stundenlang in der Stube zu sitzen wie Imrichs Lehrjungen, das würde ich nicht fertig bringen. Nicht nur das Handwerk, auch die Landwirtschaft hat goldenen Boden.

Ich liebe unsere Pferde und Kühe. Es sind zwar stumme Geschöpfe – und doch leben sie und haben mich gern. Und alles um uns her lebt. Sieh nur die blühenden Bäume und diese Wälder! Mütterchen, denkt ihr, dass es dort, wohin der Heiland die Leute nimmt, noch schöner ist als hier?"

„Bestimmt ist das noch schöner, was kein Auge je gesehen hat."

„Dann möchte ich, wenn es Gottes Wille ist, hier auf dieser schönen Erde mit euch wohnen und dann einmal zu ihm gehen."

„Wir sind zusammen aus der Stadt ‚Eitelkeit' ausgezogen, Paluschko, möchte es uns der Heiland geben, dass wir auch gemeinsam die Stadt des Heiles erreichen dürfen."

„Das wird wohl auch so sein, denn jene Christin hat ja auch alle ihre Kinder mitgenommen. Auch ihr werdet uns alle zum Heiland mitbringen. Schade, dass sich noch nicht alle auf den Weg gemacht haben!"

„Wir müssen Geduld haben, Palko. Auf uns hat der Herr Jesus länger gewartet."

„Imrichs Jungen wollen beide schon kommen."

„Haben sie es dir gesagt?"

„Gestern sprach ich mit ihnen, dann haben wir zusammen gebetet. Onkel Michael meinte, der Heiland würde sie mir wohl schenken, ich sollte ihn darum bitten. Und er hat sie mir gegeben und mich erhört, wie immer. Oh, wie gut ist er."

„Wir wollen ihm gemeinsam danken."

„Seid ihr nicht mehr traurig?"

„Sorge dich nicht, es ist schon vorbei. Du hast mich wieder fröhlich gemacht, mein goldenes Brüderlein."

Der Bauer sah, wie die beiden miteinander beteten. Im Geiste betete er mit. Dann schickte Ilenka Palko fort, um nach den Kindern zu sehen, und der Knabe ging gehorsam. Jetzt trat Martin hinter dem Baum hervor. Das Reisig knisterte unter seinen Füßen und ließ Ilenka aufblicken.

„Martin, du bist hier?", fragte sie, aufrichtig verwundert. „Du denkst, dass es mir nicht ansteht, mich unter die Jugend zu mischen?", fragte er lächelnd und doch ernst.

„Das denke ich nicht. Ich weiß, dass alle sich freuen, wenn du kommst!“

„Und du, Ilenka?“ Er zog sie an sich.

„Ich freue mich am meisten.“ Ihre blauen Augen strahlten vor Freude.

„Ilenka, ich muss dir etwas bekennen“, begann er, aber seine Stimme versagte. Sie blickte ihn erschrocken an und wollte sich aus seinen Armen lösen, aber er gab sie nicht frei.

„Ich habe dich den Kindern zuliebe genommen. Und ich habe dir gesagt, ich brauche keine Frau. Aber das war ein Irrtum. So wie ich dich heute liebe, habe ich selbst Annitschka nie geliebt. An deiner Seite kommt sie mir nicht mehr in den Sinn. Ich habe mich überzeugt, dass nicht nur das Haus einer Hausfrau, die Kinder einer Mutter bedürfen, auch ich brauche eine Frau, die ich lieben kann und die mich wiederliebt. Aber ich bin dir gegenüber ein alter Mann. Wenn du mich nur als Tochter lieben kannst, will ich mein Versprechen erfüllen und dich weiterhin als Tochter halten. Aber wenn du mich auch nur ein wenig lieben könntest, würde ich dich auf diesen meinen Händen tragen. Auch ich wünsche mir, so wie mein Junge, nur das eine: nach dem Willen Gottes hier mit dir zu leben und dann dorthin zu gehen, wo ich dem Herrn dafür danken werde, dass er dich mir gegeben hat. – Ilenka, willst du mir weiterhin eine Tochter sein – oder willst du mein Weib sein?“

„Dein Weib, Martin, denn ich habe dich so lieb, wie niemanden sonst auf der Welt“, bekannte sie aufrichtig.

Die Vögel sangen, die Blumen dufteten. Am schönsten aber war es in den beiden Menschenherzen, die füreinander geschaffen und fähig waren, treu zu lieben und einander zu beglücken.

* * *

Seit langem hatte es im Dorf keine so prächtige Hochzeit gegeben wie die, welche der Richter Lubietovsky seinem ältesten Enkel ausrichtete. Die Leute in Zaluschanie wussten nicht, wen sie mehr bewundern sollten, die liebliche Braut im städtischen, weißen Brautkleid, den strahlenden Bräutigam oder die hübschen

Brautjungfern und ihre Führer. Die Brautjungfer, welche den Bräutigam führte, war wie eine Frühlingsblume, der Brautführer glich den schlanken Föhren im Wald.

Die Leute stießen einander an und flüsterten, dass diese beiden auch ein hübsches Paar wären. Auch das dritte Paar passte wirklich gut zueinander. Jurko Zaluschansky erklärte später seiner Mutter, er wolle auf Annitschka Mras warten, sie brauche ihm keine andere zu suchen. Das Mädchen war schon heute sehr hübsch, wie würde es erst in zwei bis drei Jahren sein! Er hatte Zeit zu warten, denn er war erst das zweite Mal bei der Gestellung gewesen.

Ein Gegenstand allgemeiner Aufmerksamkeit war auch Martin Mras und seine zweite Frau. Noch nie hatten die Leute sie so schön gesehen. Sie hatte ihr Hochzeitskleid an und die Hochzeitshaube mit der breiten Spitze.

„Seht nur, was eine Frau aus einem Mann machen kann! Mras sieht aus, als wäre er gar nicht der Vater des fünfzehnjährigen Knaben. Und wie er seine Frau führt, als ob sie selbst zur Trauung gingen. Ein Blinder muss ja sehen, wie gern er sie hat. Aber wer würde sie auch nicht gern haben? Und wie sie ihn herausgeputzt hat! Selbst als Jüngling ist er nicht so hübsch und sauber dahergekommen wie heute. Aber es ist dem Armen zu gönnen, dass er es endlich gut hat; er hat genug gelitten. – Doch auch ihr wird es bei ihm nicht schlecht gehen. Er wird sie auf Händen tragen!“ So und ähnlich redeten die Leute.

Die Hochzeit wurde auf städtische Art gefeiert. Es war nur die Familie geladen, aber diese war zahlreich genug. Am Vorabend der Hochzeit gab es ein Nachtmahl im Haus der Braut, das Mahl nach der Trauung fand im Haus des Richters statt. Wer hätte das je gedacht, dass die beiden Lubietovskys, Großvater und Vater, so einträchtig mit Usowitsch einherschreiten würden? Da die Richtersleute die Hochzeit ausrichteten, war auch Anna Lubietovska in der Kirche. Sie schritt stolz an der Seite ihres Mannes einher in der schönen neuen Tuchjacke, die ihr der Sohn geschenkt hatte, weil sie ihn so gut erzogen hatte, wie sie allen erzählte, die es hören wollten. Gar manche Frau beneidete sie um diesen Sohn, und so manches Mädchen gönnte Marischka den Bräutigam nicht.

Es war ein gar hübsches Nestchen, in das er sie führte.

Anna Lubietovska nahm Susannka nicht gleich heim, denn sie hatte an ihrer Nichte Käthe eine tüchtige Hilfe; das Mädchen war kräftig und an Arbeit gewöhnt. Sie war im Haus des Stiefvaters sehr roh behandelt worden und tat nun den Großeltern, was sie ihnen nur von den Augen ablesen konnte. Marischka hatte Susannka versprochen, sie Wäsche und Kleider nähen zu lehren, was für sie und das ganze Haus nur von Vorteil sein konnte. So brauchte Imrich auch sein Singvögelchen nicht zu verlieren. Ja, er bekam auch das, wonach sein Herz seit langem verlangte, den Segen seiner Eltern, so dass er nicht im Unfrieden mit ihnen in den ernsten Stand der Ehe treten musste. Anna Lubietovska war anfänglich nur nach außen hin zu ihrer Schwiegertochter freundlich. Aber Marischka verstand es, ihre Liebe zu gewinnen. Wenn sie etwas Gutes zum Mittagbrot bereitet hatte, brachte oder sandte sie ihr und der Großmutter stets eine kleine Kostprobe. Sie schenkte ihr schöne, gestickte Ärmel und nähte mit Susannka alles, was für den Haushalt der Schwiegereltern nötig war. Dabei fragte sie sie bei allem bescheiden um Rat, obwohl sie schon seit zwei Jahren den Haushalt ihres Vaters geführt hatte. Die Schwiegermutter musste sie lieb gewinnen. Außerdem war sie zu allen gut und freundlich und demütig. Imrichs Vater hatte sie gleich lieb, auch Simon und Susannka war es, als wäre sie immer ihre Schwester gewesen. Und die Großmutter hatte eine Enkelin mehr, die sie verwöhnen konnte.

Im Forsthaus war es einsam geworden. Nach der Hochzeit seiner Schwester war auch Andrej fortgegangen, um seine Prüfungen abzulegen. Er wollte eine höhere Schule für das Baugewerbe besuchen und ein Examen ablegen, das es ihm ermöglichte, größere Bauten selbst zu unternehmen.

Zur Hochzeit war auch eine Nichte des Försters gekommen, die nach zweijähriger Ehe ihren Mann und ihr Kind durch den Tod verloren hatte. Seither war sie als Haushälterin bei der Herrschaft tätig, in deren Diensten auch der Förster stand. Sie war gern bereit, zu ihrem Onkel zu kommen, um ihm den Haushalt zu führen, und freute sich, wieder eine Heimat gefunden zu haben. Sie war noch jung, aber sehr einsam. Als Marischka sie zum ersten Mal in die Bibelstunde zu Mras mitnahm, da gefiel es ihr in diesem Kreis so wohl, dass sie künftig ganz von selbst kam, umso lieber, da der Onkel mit ihr ging, sooft es seine Zeit erlaubte.

Noch bevor Andreas Usowitsch fortging, war er bei Lubietovsky gewesen und hatte die Eltern und Großeltern gebeten, ihm Susannka zu geben. Er wollte sich, sobald er sein Studium beendet hatte, irgendwo als Baumeister niederlassen. Sie waren so überrascht, dass sie selbst nicht wussten, wie es kam, dass sie einwilligten. Als Anna später der Frau Pfarrer klagte, dass man sie überrumpelt hätte, meinte der Herr Pfarrer begütigend: „Aus Usowitsch wird etwas, denn er ist ein offener Kopf; er schreibt mir soeben, dass er sein Examen mit Auszeichnung bestanden habe. Einem guten Baumeister steht heute noch die Welt offen; er wird es in kurzer Zeit zu etwas bringen." Und die Frau Pfarrer setzte hinzu: „Susannka wird eine hübsche Frau Baumeister werden."

Dieser Titel schmeichelte Frau Lubietovska. Es war ja recht, wenn ihre Tochter sich einmal nicht so plagen musste, wie sie es von Kind auf getan hatte, sie war ja doch zu zart für eine richtige Bäuerin. Außerdem war es bei Imrichs Hochzeit an den Tag gekommen, dass Marischka nicht mit leeren Händen zu ihm kam. Sie hatte von der Mutter ein hübsches Vermögen auf der Sparkasse liegen gehabt, so wie ihre Brüder, denn Usowitsch hatte von dem Vermögen, das seine Frau ihm zugebracht, nichts für sich verbraucht, sondern es für die Kinder angelegt. Auch die Aussteuer seiner Tochter hatte er aus eigenen Kosten bestritten. Imrich kaufte für das Geld Tuch und andere Stoffe und reiste dazu sogar nach Wien und nach Brünn. Nun konnten sich seine Kunden bei ihm gleich den Stoff für die Anzüge auswählen. Der Pfarrer versuchte es zuerst, und weil er zufrieden war, empfahl er Imrich seinen Bekannten. Auch die herrschaftlichen Beamten kamen zu ihm. Es war gut, dass er sowohl für Bauern wie für Herren zu arbeiten verstand und dass Marischka ihm dabei so schön helfen konnte.

Frau Lubietovska musste einsehen, dass er recht daran getan hatte, Marischka zu heiraten; hätte er ihr gehorcht und eine reiche Bäuerin genommen, die ihm einen Hof zugebracht, so hätte er damit nichts anfangen können. Handwerk und Landwirtschaft lassen sich eben nicht gut vereinigen; er hätte das eine oder das andere lassen müssen.

Erst nachdem Andrej Usowitsch die elterliche Einwilligung bekommen hatte, suchte er Susannka im Garten auf, wo sie gerade das frisch gemähte Gras zusammenrechte. Er fragte sie, ob sie auf ihn warten wolle, so wie Marischka auf Imrich gewartet hatte, und ob sie bereit wäre, mit ihm, wenn es nötig wäre, in die weite Welt hinauszugehen. Sie stand ein Weilchen wie mit Blut übergossen da. Endlich fragte sie, die Augen fest auf ihn gerichtet: „Wirst du, wenn du mit jener Schule fertig bist, ein Herr sein?"

„Warum fragst du so?“, gab er bestürzt zurück. Diese Frage hatte er nicht von ihr erwartet.

„Weil ich dann nicht zu dir passen würde. Du könntest dich nirgends mit mir sehen lassen, und am Ende müsstest du dich meiner schämen.“

„Nein, was dir nicht einfällt! Werde nur so wie Tante Mras, dann braucht sich selbst ein König deiner nicht zu schämen.“

„Ja, mein Lieber, solch eine Zweite gibt es sobald nicht wieder. Ich lerne von ihr, so viel ich kann; aber was sie hat, das hat Gott selbst ihr gegeben, das lässt sich nicht einfach abgucken.“

„Auch das lässt sich nicht abgucken, was er dir gegeben hat, mein Singvögelein. Du hast viel gelernt, seitdem ich dich kenne. In einem Jahr kannst du noch manches dazulernen, denn du bist jung.“

„Denkst du? Dann ist es recht. Wenn du in einem Jahr wieder kommst und siehst, dass du dich meiner nicht zu schämen brauchst, dann will ich dir versprechen, mit dir zu gehen.“

„Aber eines musst du mir doch sagen, wenn du nicht willst, dass ich sehr traurig fortgehe: Hast du mich wenigstens ein bisschen lieb? Susannka, willst du mir das nicht sagen?“, drängte der junge Mann.

„Ich habe dich sehr lieb, Andrej, und werde keinen anderen nehmen, fürchte dich nicht, denn es geht mir so sehr gut auf der Welt. Aber nun lassen wir das“, bat das Mädchen. Sie reichte ihm herzlich beide Hände, aber sie erlaubte ihm nicht, sie zu umarmen und zu küssen.

„Erst, wenn du dich überzeugt hast, dass ich zu dir passe“, wehrte sie ernst. „Du wirst andere, auch städtische Mädchen, sehen, es könnte dir Leid tun, dass du dir mit mir die Hände gebunden hast. Wenn es des Herrn Wille ist, dass wir einander angehören, wird es geschehen; aber das wissen wir heute noch nicht.“

Der Jüngling empfand in seinem Herzen Achtung vor seiner jungen Braut, denn als solche sah er Susannka an, da er die Einwilligung ihrer Eltern eingeholt hatte. Er begann zu beten, dass der Herr sie ihm geben und sie für ihn erziehen möge, denn es steht geschrieben: „Sie werden alle von Gott gelehrt sein.“ Er konnte auch sie für ihn zubereiten.

* * *

In diesem Jahr gab es häufig Gewitter. Eines Freitagnachmittags kamen so schwarze Wolken heraufgezogen, dass die Leute besorgt zum Himmel aufblickten, besonders des Heus wegen, das so schön getrocknet war. Ein jeder beeilte sich, es wenigstens aufzuhäufen.

Palko Mras schaffte eifrig; der Vater hatte schon eine Fuhre eingefahren, nun bereitete er ihm den zweiten Wagen vor. Mutter wollte diesen mit den Ochsen abholen, ehe der Regen einsetzen würde. Rings um die Wiese, die an den Jungwald grenzte, floss ein Bächlein, das gewöhnlich nicht viel Wasser führte. Nachdem der Knabe eilig den Wagen voll geladen hatte, ging er, um zu sehen, warum das Wasser so rauschte. Doch wie erschrak er, als er sah, dass der Bach mit einem Male ganz voll war. Es musste in den Bergen sehr geregnet haben. Gleich feurigen Schlangen zuckten die Blitze vom Himmel. Das Wetter stand über dem Gebirge, und die trüben Wasser im Bach fluteten reißend dahin. Wenn nun noch neue Wassermengen hinzukämen, würde sich die ganze Flut wieder über Eernys Mühle ergießen.

Palko erinnerte sich, wie vor acht Jahren die Mühle beinahe fortgeschwemmt worden und dabei zwei Menschen ums Leben gekommen waren, weil das Hochwasser so jäh hereinbrach und nirgends Hilfe war. Angstvoll blickte der Knabe umher. Am Ufer lagen Baumstämme, und soeben hatte das Wasser auch einen Balken angeschwemmt. Wenn es ihm gelänge, die Stämme quer über den Bach zu legen und jenen Balken darüber, dann würde sich das Wasser stauen und über die Wiese ergießen, oder es würde neben dem Steinbruch über die kahle Anhöhe herabfließen, aber es würde nicht mit einem Mal bis zur Mühle gelangen. In einem einzigen Augenblick hatte der Knabe das alles erwogen, und im nächsten gelang es ihm, den treibenden Balken zu erfassen und ans Ufer zu ziehen. Er zog die Deichsel aus dem Wagen und versuchte mit ihrer Hilfe, den Balken zu heben. Es gelang. Aber jetzt den Baumstamm. Für diesen reichten seine schwachen Kräfte nicht aus. Er versuchte es wieder mit der Deichsel –

umsonst, der Stamm rührte sich nicht. Da warf sich der Knabe auf die Knie: „Herr, du hast dem Simson solche Kraft gegeben, dass er den Löwen zerriss. Gib sie auch mir! Jene dort kennen dich nicht, und wenn sie ertrinken, müssen sie verloren gehen. Oh, ich möchte sie so gern retten!“

Im Glauben an die Hilfe des großen Gottes, der alles vermag, spannte der Knabe alle seine Kräfte an und – siehe da – das Holz gab nach. In diesem Augenblick kam eine Sturzwelle daher, die es emporhob und gerade dorthin trug, wohin Palko es haben wollte.

Jetzt musste nur noch der Balken darauf. Aber das Wasser hatte auch diesen erfasst und trug ihn mit sich fort. Der Knabe sprang in die Flut und zog mit aller Gewalt an dem Balken, bis es ihm endlich gelang, denselben quer über den Baumstamm zu legen und so ein Wehr zu bilden. Aber es war auch höchste Zeit, denn soeben kam eine neue Menge trüben Wassers, welches sich über das Holz ergoss. Das Wasser floss in den Steinbruch und in die Wiesen – die Mühle aber war gerettet, denn das Wasser brachte noch zwei Balken mit, die sich an dem Wehr stauten.

Aber es tat noch etwas anderes. Es ergriff den Knaben, und dieser verlor plötzlich den Boden unter den Füßen. Verzweifelt klammerte er sich an den Balken zwischen den beiden Stämmen, aber nun konnte er weder ein noch aus. Schon reichte ihm das Wasser an die Schultern – wenn es noch mehr stieg, so war er verloren. Der Knabe begann um Hilfe zu rufen, allein das Brausen des Wassers übertönte seine Stimme. Er musste aufhören. „Herr Jesus, hilf du selbst mir!“, rief er noch einmal, dann verließ ihn das Bewusstsein. Es war ihm, als höre er seinen Namen rufen, aber das kam aus weiter Ferne. Dann fühlte er, dass das Holz nachgab und dass das Wasser ihn emporhob – und dann nichts mehr. Er wusste nicht, dass die, welche er auf Erden am meisten liebte, sein Rufen gehört, herbeigeeilt war und ihn unter Einsatz ihres eigenen Lebens aus dem Wasser gerettet hatte. Er sah und fühlte nicht, wie sie ihn unter Tränen küsste und zum Leben zu erwecken suchte. Aber als alles vergeblich war, warf sie das Heu vom Wagen, und mit übermenschlicher Kraft, wie sie nur die Todesangst verleiht, hob sie ihn selbst auf den Wagen und fuhr mit ihm heim, so schnell es nur ging. Dort hatte sie noch die Kraft, ihrem Mann zu sagen, was eigentlich geschehen war, dann verlor sie gleichfalls das Bewusstsein. Ein Sprichwort sagt: „Das Unglück geht nicht auf die Berge, sondern zu den Menschen." Über Mrasens Haus senkte es sich gleich einer dunklen Wolke herab, die die Sonne verdeckte. Die Leute erfuhren, was Palko Mras getan, dass er nicht nur die Mühle, sondern auch die umliegenden Hütten, und außerdem die schönen Wiesen und Felder gerettet hatte. Sie konnten nur nicht begreifen, wie der schwache Knabe ohne alle menschliche Hilfe den schweren Stamm hingetragen hatte. Gott selbst hatte ihm das in den Sinn gegeben und ihm geholfen. Sie erfuhren auch, dass Ilenka den Stiefsohn gerettet hatte, nur konnten sie nicht begreifen, wie sie es vermocht hatte, ihn aus dem Wasser zu ziehen und auf den Wagen zu laden. Sie fühlten innig mit Mras, dessen liebste Angehörigen am Rande des Grabes schwebten. Auf einem Bett lag Palko in hohem Fieber, auf dem anderen seine gute Mutter. Der herbeigerufene Arzt tat, was er konnte, aber er zuckte die Achseln. Beide hatten Lungenentzündung und wohl auch innere Verletzungen. Nur Gott konnte sie retten.

Auf ein Telegramm kam auch Doktor G., Ilenkas früherer Herr. Lange untersuchte er die Kranke; dann führte er Mras beiseite und sagte ihm die schwere Wahrheit: Der Knabe war verloren, und auch für Ilenka gab es wenig Hoffnung.

Zu gleicher Zeit saßen in der Küche die Freunde des Hauses und weinten. Endlich trocknete der alte Richter seine Augen und sagte: „Als es mit mir übel stand, da sagte sie, ihr würdet mich nicht verurteilen lassen. Es ist auch nicht geschehen, denn Gott der Herr hat euch damals erhört. Nun, da sie nicht unter euch ist, kann niemand von euch beten? Wozu kommt ihr zum Worte Gottes zusammen, wenn ihr nicht glaubt?"

„Sie haben Recht, Herr Richter", erwiderte Onkel Michael, sich erhebend. „Wir wollen bei Imrich zusammenkommen und so anhaltend beten, dass der heilige Gott einen ernsten Grund haben müsste, wenn er uns nicht erhören sollte."

„Ja, ja, Onkel, wir wollen sie durchbeten", jubelte Susannka.

Aber es schien, als wolle Gott nicht erhören und diejenige gesund machen, die so freudig ihr Leben für das des Kindes geopfert hatte, ja, als wollte sich das erfüllen, was diese beiden einst zueinander gesagt: „Zusammen sind wir aus der Stadt Eitelkeit ausgegangen, zusammen wollen wir auch ins himmlische Jerusalem eingehen."

Dennoch glaubten und beteten Ilenkas Freunde weiter, und so erhörte der Herr ihr Flehen und machte sie auch bald wieder gesund. Ach, das war sehr gut, denn wer hätte Palko so pflegen können wie sie?

Das Fieber verließ den Knaben. Er war wieder bei Bewusstsein und konnte fühlen und sehen, wie sehr sein Vater ihn liebte. Ja, nicht nur dieser, sondern alle Leute, die ihn besuchten. Als ihm die Müllersleute unter Tränen dankten, sagte er ihnen, warum er es getan, und bat sie, sich auch vom Heiland erretten zu lassen. Als man im Dorf hörte, dass es Palko besser gehe, kamen viele, um ihn zu besuchen, und wunderten sich sehr über ihn. Er konnte nicht viel und auch nur ganz leise sprechen, aber doch sagten die Leute nachher, dass alles, was er sagte, an die Heilige Schrift erinnerte.

Seine Geschwister mussten ihm versprechen, nicht im Tode zu bleiben, sondern sich auch von dem Herrn Jesus auferwecken zu lassen und den Eltern recht gehorsam zu werden. Susannka sang dem Vetter seine Lieblingslieder, und die anderen sangen mit. Er lag in der großen Stube, damit er auch zugegen sein konnte, wenn sie sich um das Wort Gottes sammelten. Als Ilenka zum ersten Mal zu ihm kam, von ihrem Mann mehr getragen als geführt, brach Palko in Tränen aus. Als der erschrockene Vater ihn fragte, warum er weine, antwortete er: „Ach, wie sollte ich nicht weinen, Vater? Mutter hat sich für mich geopfert, wie der Herr Jesus. Wenn sie gestorben wäre, was wäre aus euch und den Kindern geworden? Wie könntet ihr ohne sie sein?“

„Weine nicht, Paluschko, wir haben uns beide geopfert. Du wolltest die Nachbarn, ich wollte dich retten. Du hast ein ganzes Werk getan, ich nur ein halbes."

Ilenka glaubte, dass Gott die Gebete erhören würde, die sie mit ihrem Gatten für Palkos Genesung zum Herrn emporschickten – aber es kam anders.

An einem schönen Sonntagmorgen, als gerade auf beiden Kirchtürmen die Glocken läuteten, musste sie ihn still einschlummern sehen. Sie hielt ihn in den Armen; an ihrem Herzen, das so eng mit dem seinen verbunden war, ruhte sein dunkler Lockenkopf. Die weiße, durchsichtige Hand lag in der des Vaters. Diesem galt auch der letzte Blick der tief eingefallenen, aber von himmlischem Glanz erfüllten Augen.

„Mein gutes, goldiges Mütterlein, ich hab euch lieb gehabt, ach, so lieb! Küsst mich noch einmal", flüsterten die bleichen Lippen. Als ihr Wunsch erfüllt war, atmeten sie zum letzten Mal auf, um sich erst für das Lied des Lammes wieder zu öffnen.

„Ach, Martin, wir haben ihn nicht mehr,

unseren treuen Sohn! O, dass ich ihn dir dennoch nicht retten durfte!“, schluchzte Ilenka. Er trocknete seine und ihre Tränen.

„Uns war er lieb, Gott war er lieber, darum hat er ihn zu sich genommen. Du hast für ihn getan, was nur ein Mensch für den anderen tun kann – aber ich werde ihm nie ersetzen können, was ich Jahre hindurch versäumt habe.“

Lange hatte man in Zaluschanie kein solches Begräbnis gesehen, wie das von Palko Mras. Die Leute versicherten, dass der Herr Pfarrer noch nie so gepredigt habe. Als sie vom Kirchhof gingen, beeilten sich alle, Martin, namentlich aber Ilenka, die heute zum ersten Mal wieder das Haus verlassen hatte, die Hand zu drücken.

Sie hatte am Grab nicht geweint, nur so traurig den blumengeschmückten Sarg angeblickt – und doch wussten alle Frauen, dass sie dem Knaben mehr Liebe erwiesen hatte als die leibliche Mutter. Oft bekommen Kinder mit der Stiefmutter zugleich einen Stiefvater. Mrasens Kinder hatten erst einen rechten Vater bekommen, seitdem Ilenka unter ihr Dach gekommen war. Darum schmiegten sie sich auch jetzt, da sie den Bruder beweinten, an sie.

Oft beachtet ein Mensch den anderen nicht, bis ihn der Tod dahinrafft – dann erst fehlt er. Palko Mras fehlte allen im Haus, ja, im Dorf. Sogar die grauen Schimmel, die er so treulich dem Vater auszahlen geholfen, aber auch die anderen Stallbewohner, blickten zur Tür, ob er nicht endlich wiederkommen würde. Aber sie schauten vergeblich aus, er wird nicht wiederkommen! Wozu auch? Gott hatte mit ihm ausgerichtet, was er ausrichten wollte, und auch Palko hatte getan, was er auf Erden tun sollte. Er hatte sich selbst und den Heiland erkannt, hatte Gott und die Menschen lieb gewonnen, ihnen treu gedient und sich endlich für sie geopfert, um sie vom ewigen Tod zu erretten.

Niemand hat größere Liebe, denn dass er sein Leben lässt für seine Freunde.

Palko Mras blieb als leuchtendes Vorbild denen in Erinnerung, die in Zaluschanie zum lebendigen Gottesvolk gehörten, aber auch den übrigen Dorfbewohnern, denn das Gedächtnis des Gerechten blieb in Segen.

Die Familie Mras konnte nicht gut ohne Hilfe bleiben, obwohl ihnen die Verwandten, namentlich Lubietovskys, treulich aushalfen. Sie wollten Annitschka nicht aus ihrer Stellung rufen, da die Frau Doktor mit ihr zufrieden war; auch hätte diese ihnen Palko nicht ersetzt. Deshalb gedachten sie, einen Knecht zu nehmen. Da erhielt Ilenka eines Tages unverhofft Besuch. Sie saßen gerade beim Mittagessen, als sich die Tür öffnete und ein Knabe von Palkos Größe, aber zerlumpt, schmutzig und bestaubt von der Wanderung, eintrat.

„Peter, bist du es?“, rief Ilenka aus und alsbald führte sie den Knaben ihrem Gatten zu und stellte ihn als ihren Stiefbruder vor.

„Das ist auch eines von den Kindern der Stiefmutter“, tuschelte Joschko, „die zu unserer Mutter so hässlich waren.“

Sie gaben ihm ein Mittagbrot. Dann erzählte er schüchtern und unter Tränen, dass ihn die Mutter zu jenem Onkel gegeben, bei dem es auch Ilenka einst so übel ergangen war. Er sollte bei ihm dienen. Aber der Onkel, ein schlimmer Trinker, hatte den Knaben sehr geschlagen und ihm sogar eine Rippe gebrochen, so dass dieser ins Krankenhaus musste. Als er dort entlassen wurde, war er zu Fuß zu seiner Schwester gewandert, damit die Mutter ihn nicht mit Gewalt wieder zum Onkel zurückbringen könne. Er war noch sehr schwach von der überstandenen Krankheit und halb verhungert.

Sie gaben ihm zu essen, bereiteten ihm ein Bad und legten ihn dann in die Stube der Großmutter, damit er sich ungestört ausruhen konnte.

„Ich bitte dich vielmals, Martin", sagte Ilenka zu ihrem Mann, „erlaube mir, dass ich ihn ein wenig hier behalte. Man merkt es ihm sehr an, dass es ihm bisher auf der Welt schlecht gegangen ist."

„Wenn es sich irgend machen lässt, werde ich mich nur freuen, wenn er hier bleibt. Er ist ja nicht nur der Sohn deiner Stiefmutter, sondern auch deines Vaters. Ihr seid von einem Blut."

So blieb Peter bei seiner Schwester.

Mras selbst schrieb der Stiefmutter, dass der Knabe bei ihnen sei. Bis Weihnachten solle er nur als Familienglied bei ihnen bleiben, dann, wenn er sich bei ihnen eingelebt, wolle er ihn in seinen Dienst nehmen. Er ersuchte sie, dem Knaben ein Dienstbuch zu besorgen.

Frau Ozorovska antwortete, Mras möge sich Peter annehmen, denn er habe weder ihr noch dem Onkel gehorchen wollen und Letzteren zum Zorn gereizt, wenn er betrunken war, darum sei ihm dieser Unfall zugestoßen. Sie wolle nicht, dass er heimkomme, sie habe genug Mühe mit den dreien, die noch zu Hause seien. So blieb der Knabe bei der Familie Mras.

Inzwischen hatten auch die Kinder „Mutters Peter“, wie sie ihn nannten, lieb gewonnen. Und er? Ach, er wusste nicht, ob er auf Erden oder schon im Himmel war. Mras konnte nicht klagen, dass der Junge ihm nicht gehorche. Er bemühte sich aus allen Kräften. Martins ernste Freundlichkeit flößte ihm Respekt ein. Ilenka tat er zuliebe, was er ihr an den Augen ablesen konnte. Sie hatten ihm Palkos Kleider gegeben. Es schadete nichts, dass er um ein oder zwei Jahre jünger war; er war kräftiger gebaut, darum passten sie ihm. Nachdem er sich erholt hatte und so sauber war wie alle in Mrasens Haus, war er ein schmucker Bursche. Er hatte wie Ilenka die Augen seines Vaters und sah ihr auch im Gesicht sehr ähnlich. Zwar war es nicht leicht, ihm all das Böse abzugewöhnen, das er von Kind auf daheim und bei dem Onkel gesehen hatte, aber da er Gottes Wort gerne hörte, schmolz die warme Sonne der Liebe die Eisenrinde, die sich um das junge Herz gelegt hatte, und auch er sehnte sich danach, aus der Stadt Eitelkeit auszuziehen.

Den Kindern war er ein Ersatz für Palko, den sie sehr betrauerten. Mras bemühte sich nach Kräften, dem fremden Knaben das zu geben, was er dem eigenen Sohn schuldig geblieben war. Ilenka liebte ihn wirklich als Bruder. Je länger, je mehr fühlte sie, wenn er sich an sie schmiegte, dass sie von einem Blut waren – aber Palko konnte er ihr nicht ersetzen. Eines Tages fand sie ihr Mann bitterlich weinend; sie saß gerade über einem Hemd Palkos, das sie für Joschko zurechtmachen wollte. Er setzte sich zu ihr und sagte: „Weinst du schon wieder, Ilenka? Was ist das nur? Ich gewöhne mich langsam an den Verlust – und doch habe ich ihn, weiß Gott, sehr lieb gehabt, und er war mein. Und du kannst ihn nicht verschmerzen?“

„Ich kann nicht, Martin. Glaube mir, ich bemühe mich, aber mir fehlt überall sein liebes Gesicht, die schönen, klugen Augen. Immer ist es mir, als müsse er noch einmal zu mir reden. Er hat am besten von uns allen die göttlichen Dinge verstanden. Mit niemandem konnte ich mich so aussprechen wie mit ihm. Wenn ich dir etwas helfen will, dann ist es mir immer, als müsse ich erst zu ihm laufen und ihn um Rat fragen. Auch als Peter kam, musste ich sogleich denken: ‚Wenn er hier wäre, er würde ihn sicher zum Heiland führen.‘ Und dann sehe ich ihn immer vor mir, wie er dort im Wasser stand. Man sah nur noch ein Stückchen von seiner Schulter; den Kopf hatte er auf den Balken gelegt, mit den Händen hielt er sich an dem Holz fest. Er war so bleich, aber still wie ein Lamm. Man sah es ihm an, dass er sich ganz in den Willen Gottes ergeben hatte. Glaube mir, Martin, ich hätte mich ohne ihn nur schwer bei euch eingelebt. Er ist mir vom ersten Tag an so treu zur Seite gestanden. Noch immer höre ich seine letzten Worte: ‚Mütterchen, ich habe euch so lieb gehabt!' Wenn ich an ihn denke, dann danke ich dir immer aus tiefsten Herzen dafür, Martin, dass du mich genommen hast und dass ich ihm Mutter sein durfte."

Mras umarmte seine Frau und drückte sie fest an die Brust.

„Ach, Ilenka, ich mag gar nicht daran denken, wie es heute mit uns allen stünde, wenn du nicht zu uns gekommen wärst. Gott hat sich damals schon über uns erbarmt, als er dich mir geschenkt hat. Du hast Palko sehr lieb gehabt, er dich auch. Aber auch wir anderen haben dich lieb. Ihm ist nun ewig wohl. Er hat kurz, aber schön gelebt und ein herrliches Ende gehabt. Wer weiß, was unser hier auf Erden noch wartet. Sei daher auch weiter uns allen ein Licht und mir das vernünftige Weib, von dem Salomo redet. Wir alle danken dem Herrn täglich dafür, dass er dich am Leben erhalten hat."

Ilenka verbarg ihr Gesicht an der Schulter des Mannes. Sie weinte aufs Neue, aber diesmal vor Glückseligkeit.

* * *

„Wir wollen einmal sehen“, hatten die Frauen oft gesagt, „ob Frau Mras die Kinder der ersten Frau auch weiterhin so gut versorgen wird, wenn sie erst eigene Kinder hat.“

Nun, sie erlebten es alle, dass anstelle des großen heimgegangenen Palko ein kleiner Paluschko seinen Einzug hielt. Er hatte vorher nichts zu zahlen versprochen und dennoch war der kleine Gast allen im Haus, vor allem aber den glücklichen Eltern, gar lieb und wert. Hätte der Heiland Martins Herz nicht so gründlich umgewandelt, wäre nicht in diesem Herzen so tief die Erinnerung an den erstgeborenen Sohn lebendig gewesen, dem er so viel Liebe schuldig geblieben war – wie leicht hätte er, wie so mancher Vater vor und nach ihm, dem Sohn des geliebten Weibes vor den Kindern der Unwerten den Vorzug gegeben. So waren sie ihm viel zu teuer, als dass das kleine, niedliche Söhnchen Ilenkas sie in den Schatten gestellt oder verdrängt hätte. Endlich konnte der Bauer dem Kind seine ganze Liebe zeigen. Niemand hinderte ihn daran, und niemand wunderte sich darüber.

Die Geschwister beneideten Paluschko nicht um die Liebe des Vaters, denn sie selbst liebten das Brüderchen sehr zärtlich. Es hatte so viele Wärter und Wärterinnen, dass es kein Wunder war, dass ihm nichts zustieß.

Die Frauen konnten sich überzeugen, dass Ilenka auch weiterhin den Kindern aus erster Ehe eine sorgsame Mutter war. Alle möglichen und unmöglichen Ratschläge über Säuglingspflege musste sie anhören, aber sie hielt sich an die, welche Herr und Frau Doktor, ihre alten Freunde, ihr gaben, und das Kind gedieh prächtig dabei.

Annitschka war am Ende des Jahres heimgekehrt und ging der Mutter fleißig zur Hand. Es war schön gewesen bei Doktors, aber daheim war es eben doch besser. Peter bediente sie wie eine Prinzessin. Er hatte sich so gut eingelebt, dass ihm der Schwager ab Weihnachten Lohn versprach. Aber der Knabe bat weinend: „Gebt mir nichts, Schwager, ich will alles umsonst machen. Habt mich nur lieb wie einen Verwandten. Ich will nicht euer Knecht sein – schickt mich nie wieder fort."

„Weine nicht, Junge", lächelte Mras, „darum gehörst du ja doch zur Familie; aber du kannst nicht umsonst arbeiten. Damit du zufrieden bist, will ich dir Verpflegung und Kleidung geben, so wie meinen eigenen Kindern und nur einen kleinen Lohn. Den will ich für dich bei der Sparkasse anlegen, damit du, falls du einmal fortgehen solltest, nicht mit leeren Händen gehst."

Der kleine Andrejko, der nun schon gut laufen konnte, liebte seinen Peterko sehr, weil dieser ihn auf dem Rücken trug und ihn auch öfter einmal auf dem Wagen mitnahm, wenn er irgendwohin fuhr. Ilenka konnte ihm den Kleinen auch ruhig anvertrauen.

So lebte die Familie glücklich und zufrieden. Sie hatten einander lieb und suchten auch den Nachbarn mit Rat und Tat beizustehen. So mancher kam zu ihnen, um sein Herz auszuschütten. „Wir kommen zu dir, Ilenka“, sagte Adam Zaluschansky, „als ob du unsere Mutter wärst. Du fühlst mit jedem, du kannst einen jeden trösten und beraten; ich wundere mich nicht, dass die jungen Leute so an dir hängen.“

„Du brauchst dich nicht zu wundern, mein Sohn“, lachte die Muhme. „Wir Alten machen es ebenso. Nur deine Mutter steht noch ein wenig beiseite. Und doch würde es euch allen nicht schaden, ja manches wäre anders, wenn ihr alle zu uns in die Bibelstunde kommen würdet.“

„Der Herr kann es doch noch geben, liebe Muhme“, sagte Ilenka, freundlich ablenkend, „dass sie alle noch mit uns aus der Stadt Eitelkeit zur Stadt des Heiles wandeln.“

* * *

Und wieder war es Sonntagnachmittag. Bei Imrich Lubietovsky saßen in der guten Stube alle die beisammen, welche die Stadt Eitelkeit verlassen und die Pilgerreise des Christen nach dem Berg Zion angetreten hatten. Es war schon eine ganz nette Anzahl jüngerer und älterer Leute, unter ihnen auch solche, welche noch vor der Entscheidung standen. Am Tisch saß Onkel Michael, der längere Zeit nicht hier gewesen war, da er an einem größeren Bau gearbeitet hatte. Endlich durfte er ihnen wieder die Heilige Schrift erklären. Er hatte die Geschichte vorgelesen, wie Maria von Bethanien die teure Salbe auf das Haupt des Heilands gegossen, so dass deren Duft das ganze Haus erfüllte, und wie der Heiland sie gelobt, weil sie getan hatte, was sie konnte.

„Ich meine", sagte der alte Mann bescheiden am Schluss seiner Ausführungen, „man könnte dies auch so verstehen, dass auch wir so leben sollen, dass überall, wohin wir auch kommen, ein gutes Andenken gleich einem Wohlgeruch von uns zurückbleibt. Dann erst ist unser Leben recht gelebt. Der Jüngste aus eurer Mitte hat wirklich so gelebt, darum hat ihn der Herr auch zu sich genommen. Er hat für den Herrn Jesus getan, was er konnte. Wir wollen ihm darin nachfolgen. Die Welt spottet über uns; sie nennt uns ‚Mucker' und ‚Heilige' und sagt, dass wir einen neuen Glauben einführen wollen. Wir wollen uns davor nicht fürchten, wenn nur der Sohn Gottes mit uns zufrieden ist. Es hat mich gefreut, dass unser kleiner Kreis wieder gewachsen ist und dass auch du, mein lieber Bruder, jetzt bei uns bist."

Onkel Michael streckte die Hand aus und Förster Usowitsch legte die seine hinein.

„Ich wollte nicht allein in der Stadt Verderben bleiben", sagte er, „nachdem meine Kinder mir alle vorangegangen sind, will ich auch mit euch gehen."

„Wir wollen miteinander gehen", sagte Paul Lubietovsky mit Tränen in den Augen, „da uns sogar die Großeltern zuvorgekommen sind."

„Wir danken euch, Onkel Michael, dass ihr uns zum Heiland geführt habt", meinte Martin Mras ernst. „Das war ein gesegneter Sonntag dort in Malstin. Damals begann der Heiland einen nach dem anderen von uns zu erwecken."

„Das mag sein, Onkel", meldete sich Susannka, die als Braut neben Andreas saß. „Aber ich denke, der Herr hat sich schon damals über uns erbarmt, als ihr uns die Tante herbrachtet. Ohne sie wärt auch ihr niemals nach Malotin gekommen."

„Da hast du Recht, Susannka", entgegnete Imrich, „davon zeugen auch zwei schöne Stellen aus dem Worte Gottes. Die eine lautet: ‚Er hat alles wohl gemacht', und die andere: ‚Und brachte sie ans Ufer nach ihrem Willen.' Oft schon habe ich darüber nachgedacht und auch mit Marischka davon gesprochen, dass wir dereinst, wenn wir heimkehren zum Herrn und die Bücher aufgetan werden, dass wir dann erst erkennen werden, wo all das Gute und auch das Böse, das uns im Leben begegnet ist, seinen Anfang genommen hat. Dann werden auch wir den Herrn dafür preisen, dass er alles wohl gemacht hat."

So sprachen sie untereinander, und dann lobten sie Gott mit Gesang und Gebet.

Und Gott segnete sie.

Weitere Titel aus der Reihe Heimatlicht:

Kristina Roy
**Ohne Gott in der Welt**
ISBN 3-86122-829-7
128 Seiten, kartoniert

Martinko, der Waisenjunge, findet als einfacher Dorfhirte den Weg zu Jesus. Beständig folgt er seinem geliebten Herrn nach. Eines Tages erfüllen ihm die Dorfbewohner einen Herzenswunsch und quartieren den kleinen Joschko, der ebenfalls ohne Eltern aufwächst, in seiner windschiefen Hütte ein. Bald lesen sie beide die frohe Botschaft in der Bibel. Nun stehen sie zwar beide ohne Eltern in der Welt – doch nicht ohne Gott!

Auch als Hörbuch:

**Ohne Gott in der Welt – Das Hörbuch**
ISBN 3-86122-845-9
2 CDs, 100 Minuten Laufzeit

Kristina Roy
**Ein Sonnenkind**
ISBN 3-86122-769-X
224 Seiten, kartoniert

Mit Liebe und Geduld gewinnt der junge Lehrer Stefko die Herzen der völlig verwilderten Dorfjugend. Er baut einen geregelten Unterricht auf und bringt ihnen die frohe Botschaft. Doch seine Erfolge rufen auch Neider auf den Plan ...

Kristina Roy
**Glück**
ISBN 3-86122-770-3
272 Seiten, kartoniert

Die beiden Zwillingsbrüder Pavel und Andrej sind ein Herz und eine Seele. Doch dann wird ihr gutes Verhältnis zueinander auf eine schwere Probe gestellt, als sie sich beide in das gleiche Mädchen verlieben. Durch einen Nachbarn lernen sie den lebendigen Gott kennen. Kann dadurch ihre Bruderliebe wieder neu erwachen?

Helene Hübener
**Es muss doch Frühling werden**
ISBN 3-86122-847-5
608 Seiten, kartoniert

*„Hildegard hätte sich heute am liebsten ganz still verhalten, doch ohne sich lange zu zieren, setzte sie sich ans Klavier und sang ein einfaches kleines Abendlied. Die ganze Gesellschaft verstummte und lauschte dem Gesang, der so einfach und doch so ergreifend war. Und in der offenen Tür des Studierzimmers lehnte Waldemar von Buchwald, die Augen fest gebannt auf das am Klavier sitzende Mädchen, bis die letzte Strophe verklungen war."*

Herzensunruhe treibt die jungen Menschen um, die im Haus des angesehenen Professor Rothe ein und aus gehen. Bis auch sie in der Hand ihres Schöpfers zur Ruhe kommen können, gilt es, so manchen Gemütssturm zu überstehen. Doch Gottes Wege können auch von altherge-brachten Standesschranken nicht durchkreuzt werden ...